国家电网有限公司职工文学作品丛书

永远跟党走　奋进新征程

诗歌集

国家电网有限公司工会　编

中国电力出版社
CHINA ELECTRIC POWER PRESS

图书在版编目（CIP）数据

永远跟党走　奋进新征程.诗歌集 / 国家电网有限公司工会编 . —北京：中国电力出版社，2021.6

ISBN 978-7-5198-5710-3

Ⅰ . ①永… Ⅱ . ①国… Ⅲ . ①文学－作品综合集－中国－当代②诗集－中国－当代 Ⅳ . ① I217.2 ② I227

中国版本图书馆 CIP 数据核字 (2021) 第 105999 号

出版发行：中国电力出版社
地　　址：北京市东城区北京站西街 19 号（邮政编码 100005）
网　　址：http：//www.cepp.sgcc.com.cn
责任编辑：胡堂亮（010-63412604）　高　畅
封面篆刻：周威涛
责任校对：黄　蓓　王海南
装帧设计：北京永诚天地艺术设计有限公司
责任印制：钱兴根

印　　刷：三河市百盛印装有限公司
版　　次：2021 年 6 月第一版
印　　次：2021 年 6 月北京第一次印刷
开　　本：710 毫米 ×980 毫米　16 开本
印　　张：15
字　　数：232 千字
定　　价：55.00 元

百年风华

光明颂歌

序

共庆百年华诞，共享伟大荣光。在热烈庆祝中国共产党成立100周年的喜庆氛围中，《永远跟党走　奋进新征程——国家电网有限公司职工文学作品丛书》与读者见面了。这是公司系统职工作家和广大文学爱好者献给建党百年的生日贺礼，是公司全体职工爱党、爱国、爱社会主义真挚情感的文学表达，也是公司全体职工永远跟党走、奋进新征程的精神写照。

百年征程波澜壮阔，百年初心历久弥坚。在百年奋斗征程中，中国共产党团结带领人民开辟了伟大道路、建立了伟大功业、铸就了伟大精神，取得了宝贵经验，谱写了艰苦卓绝的奋斗凯歌，铸就了气吞山河的壮丽伟业，创造了彪炳史册的人间奇迹。

国运兴则电力兴，电力兴助国运兴。在党的坚强领导下，我国电力工业由小到大、从弱到强，取得了举世瞩目的辉煌成就。经过一代代电力人的艰苦奋斗，我国建立了完整的电力工业体系，电力装机容量、发电量和电网规模均位居世界首位，电力科技水平实现了从追赶到领先的跨越，有力保障了我国社会经济发展和人民生活水平提高对电力的需求。

国之大者心中有数，初心使命勇于担当。习近平总书记指出，国有企业是中国特色社会主义的重要物质基础和政治基础，是我们党执政兴国的重要支柱和依靠力量。国家电网公司作为关系国家能源安全和国民经济命脉的特大型国有重点骨干企业，始终不忘初心、牢记使命，胸怀"国之大者"，落实"四个革命、一个合作"能源安全新战略，发挥了"大国重器"的"顶梁柱"作用，为社会经济发展和改善民生作出了突出贡献。迈进新时代，公司立足新发展阶段，贯彻新发展理念，构建新发展格局，确立了建设具有中国特色国际领先的能源互联网企业的战略目标，明确了"一体四翼"发展布局，推动企业综合实力、创新能力、价值创造力、品牌影响力持续提升，彰显了国企担当、国网力量。在改革发展进程中，公司党组始终高度重视企业软实力和企业文化建设，以满足职工多元化的精神文化需求为出发点，充分激发职工的工作热情和创造活力，不断增强职工队伍的凝聚力和向心力，大力提升职工队伍的综合素质，为企业发展提供强大的精神激励和文化支撑。

文章合为时而著，歌诗合为事而作。习近平总书记指出，文艺是时代前进的号角，最能代表一个时代的风貌，最能引领一个时代的风气。要坚定文化自信、把握时代脉搏、聆听时代声音，坚持与时代同步伐、以人民为中心、以精品奉献人民、用明德引领风尚。公司职工文化工作要认真学习贯彻习近平总书记关于文化、文艺工作的重要论述，记录新时代、书写新时代、讴歌新时代。要以"为电网放歌、为职工抒写"为创作导向，以文学形式讲好国网故事，传递国网声音。要深入挖掘重大电网题材，反映国家电网公司为党、为国、为人民的责任与坚守，激发广大职工干事创业的责任担当和爱党爱国的赤子情怀。让职工文学成为展现公司核心价值观的重要窗口，成为丰富职工文化生活、凝聚职工力量的重要载体，以文化人、以文育人、以文培元，激励鼓舞广大职工为实现具有中国特色国际领先的能源互联网企业战略目标而努力奋斗。

国家电网有限公司董事长、党组书记

2021 年 6 月 15 日

目录

序

上篇　曙光照耀中国

2　七月，火焰的红　　　　　　　　　　　　　冬　箫

6　七月放歌　　　　　　　　　　　　　　　　蒲素平

13　红星闪闪，永放光彩（组诗）　　　　　　　汪再兴

24　镰刀和锤头锻打的铁血（组诗）　　　　　　李　勋

30　火红的七月火红的心　　　　　　　　　　　翟　鑫

33　悬崖　　　　　　　　　　　　　　　　　　李　沙

38　我的党员父亲　　　　　　　　　　　　　　王　磊

41　听老兵讲过去的故事（外一首）　　　　　　钟　雪

46　那一束光　　　　　　　　　　　　　　　　孙孟起

48　光影百年　　　　　　　　　　　　　　　　王　鹏

50　忘不了，不能忘　　　　　　　　　　　　　仲永生

54　与祖国同行　　　　　　　　　　　　　　　李雅丽

58　把信仰铸成金色的血脉　　　　　　　　段捷智

61　我在百年的风华里守望　　　　　　　　徐家东

63　电亮高原（组诗）　　　　　　　　　　刘菊兰

67　历史的足印（组诗）　　　　　　　　　任建强

74　党旗下，我们追光的脚步从未停歇　　　夏宇红

81　红与绿　　　　　　　　　　　　　　　傅佳麒

84　永恒的信念　　　　　　　　　　　　　贺文郁

87　最美的赞歌　　　　　　　　　　　　　郭　辉

90　起航红色梦想　　　　　　　　　　　　夏　冰

93　誓言　　　　　　　　　　　　　　　　米雍衷

96　南湖的曙光照耀中国　　　　　　　　　张兴楠

100　七一，向党旗敬礼　　　　　　　　　　苟保弟

104　南湖红船（外一首）　　　　　　　　　程亚军

107　百年荣光　　　　　　　　　　　　　　谈　敏

109　旗帜　　　　　　　　　　　　　　　　赵家瑞

112　嘉兴南湖（外一首）　　　　　　　　　刘月朗

115　红船故事　　　　　　　　　　　　　　张　静

119　在路上　　　　　　　　　　　　　　　张梁清

121　颂歌献给党　　　　　　　　　　　　　张嗣兴

123　沁园春·破晓　　　　　　　　　　　张梦雅

124　颂党（诗词五首）　　　　　　　　　郑仲凯

126　沁园春·江山如此多娇　　　　　　　丁　芃

下篇　向着光明出发

128　向着光明进发　　　　　　　　　　　吴庆华

131　光明山河　　　　　　　　　　　　　冷　冰

138　赞歌　　　　　　　　　　　　　　　郝密雅

140　水下历史，水上记忆　　　　　　　　张富遐

144　星星的微光　　　　　　　　　　　　徐心怡

147　浪花的歌　　　　　　　　　　　　　刘　氚

149　光明笔记（外一首）　　　　　　　　魏　鸿

153　太行之上，以光的名义照亮　　　　　宁　肯

157　乡村亮了　　　　　　　　　　　　　马晓忠

161　逐梦光明　　　　　　　　　　　　　桂宝利

164　只为灯火辉煌　　　　　　　　　　　张　晶

166　曙光（组诗）　　　　　　　　　　　陈云瑶

170 在美丽乡村，电行走于街巷（外一首）　　　郭旭峰

179 点亮神州（外一首）　　　张　颖

181 让我，为你转身　　　郭　翔

185 巡线手记（组诗）　　　罗　娅

189 安顺场有个供电所　　　侯　峰

193 点灯　　　徐铭伟

195 榜样　　　陈妹芝

198 电力人的颂歌　　　张迎春

202 灵魂深处的红绿黄　　　刘淑清

204 点亮希望　　　张馨元

209 电力工人有力量　　　王　冲

212 劳模颂　　　林文琴

215 劳模赞歌　　　赵　帅

217 百年电力梦　　　郝志勇

222 我……　　　孙　琦

226 咱们电力人　　　董树权　李彤葳　汪　洋

上篇

曙光照耀中国

七月，火焰的红

◎ 冬　箫

一

在这样一个特别的时刻
我静下心来
听一个并不遥远的声音
它来自太阳，来自东方
来自七月的华光

它不只是
随着一阵清朗的风而来
它也有过屈辱，有过沧桑，有过磨难
但它还是从历史的岩缝中
吹了过来
且带有春风那种浅浅的激荡

它吹过了大地，山川
吹过了脊梁与胸膛

它好像拥有一对蓝色的翅膀
带着多彩的飘带，飞着

当然，我也听到了
这对翅膀舞动的声响
那是一种极其美妙的感受
犹如，我一直期待的阳光
照射到了我的身上

二

朝阳初上，朝霞升腾
又一次，我看到了旗帜的光芒

我看见了一片火红火红的场景
一团火红被另一团火红围裹着

我看见了火红锻造的镰刀和铁锤
在火红的阳光中露出金光

我看见了
一座座被火红照耀的城池
有着巍然耸立的光亮

当然，我还看见
和我一样看火红的人群
身着不同的色彩

前呼后拥，向一个目标
齐刷刷
举起了紧握拳头的右手
然后，泪如雨下

三

此刻，没有嘹亮的嗓音
唱不出高亢的歌声
没有动人的身段
演不出激越的舞姿
可我懂得，有一种情感叫作内心
有一种心境叫作激情

我曾用内心一寸寸掠过了我的天空
我曾用激情一步步丈量了我的土地
我还在边走边听
听听我的祖国我的家
是怎样在辽阔的版图上边走边唱

还有它的身姿
我可以看到激情的到来，并且快乐
我可以看到幸福的到来，并且洒脱
或许，我还可以闭上眼睛
让这些激情与幸福穿过我的身躯
带着我的心跳与笑容
泄露我

没有倾诉的秘密

四

我感慨
它喷薄而出的那一刹那
所有眼睛里的火焰是红色的

那些把火焰藏在眼睛里的人
内心是多么快乐和爽朗
他们都在这一刻
看着阳光从东方升起
然后铺展开来
把所有都染红，照亮，并温暖着

他们自己
则把眼前这大大的火焰
和眼睛里小小的火焰
交融起来
成为内心永远的太阳

（作者单位：国网浙江省电力有限公司嘉兴供电公司）

七月放歌

◎ 蒲素平

一

天地间
平地起雷声
"起来，起来，四万万同胞
国土不可断送、人民不可低头
以青春之我，创青春之家庭
青春之国家，青春之民族"

二

历史的钟表越过大地的苍茫
坚定地指向 1921 年 7 月
蒙蒙细雨中的中国
闪出瓷器细腻的光芒
一只红船从南湖缓缓摇来
中国共产党诞生了

清脆的声音
把沉睡的中国叫醒
中国大地隆起身体
越来越高
白云在天空奔跑

之后，轰隆隆的雷声在向北走
武昌城头一声枪响，整个中国的上空
感到了从未有过的震动
黎明前的黑暗中，时光吐出鱼肚白
理想的歌声在这微亮的光中飞升

风越来越大，一面旗帜
呼啦啦在空中飘舞
一些打着灰绑腿的人，在四渡赤水
江水奔腾在这令山河岁月激荡的响声中
飞夺泸定，十八勇士成为历史的光荣
遵义城燃起熊熊火把
打着灰绑腿的部队，以钢铁的意志
爬雪山，过草地
每一个脚印都踏进土地深处，都长出
光明的种子
一路撒播在深春的土地里

陕西黄土高原响起辽阔的信天游
延安窑洞，那煤油灯彻夜通明
翻过山，再翻过山，在一个叫平山的村落

西柏坡的土屋里，飞出一道道
看不见的电波
迎风穿风，见雨破雨，遇光
成为历史深处的曙光
曙光里
1949 年 10 月的天安门城楼向世界宣布——
中华人民共和国成立了！

没有共产党就没有新中国
一个古老的民族
翻开了新的篇章

三

辽阔大地，朗朗天空
无数的人抬头仰望
如果仰望，那就仰望天空吧
仰望高处的那面旗帜
它有着火把的颜色，光芒的力量
有着鲜血的红，生命的温度

高处的那面旗帜，遇见风
就呼啦啦覆盖在 960 万平方公里的神州之上
遇见脊梁，就挺起腰身
遇见镰刀，就收割黄澄澄的秋天

如果仰望，那就仰望天空吧

头颅高昂，生命就高昂着
生生不息的力量就高昂着
一个民族走向复兴的希望就高昂着

一面旗帜，站在风的高处
风正用力推开天空的窗
身旁的山川、河流、草木、炊烟
身旁的无数儿郎
生出了无法用语言描述的激荡

如果火焰是燃烧的力量
如果太阳是光芒的汇集，那么
我们仰望的高度就高过生命
仰望的旗帜就是前进的方向

四

大树的年轮抡开了臂膀
在雄鸡的鸣叫中划出一圈又一圈
心怀憧憬的人，正站在时间的上空
在历史的鲜活与凝重里，见证
一个崭新国家的崛起，见证
"两弹一星"的成功，见证
安徽凤阳一处破旧的房子里
十八户农民按下殷红的手印
那红红的手印，犹如绽放的万千桃红
在神州的山巅烂漫

一个国家站起身

迈开大步走向前

让南方一个渔村的演变史

呈现出一个东方大国的新颜

前进的路上有彩虹有阳光也充满波浪

我们挽起袖子

抗击特大洪水，抗击南方冰雪

抗击非典，抗击汶川地震

我们说感动，我们说大爱

我们含着泪为中国加油

呐喊声

穿过我们九曲回肠的黄河

穿过奔腾千里的长江

一次又一次在中华儿女的心中升腾

升腾出生生不息的希望

升腾出一个民族走向复兴的脊梁

五

辽阔大地，朗朗天空

祖国啊！此刻

我正在你奔忙的身体上汲取知识和波涛汹涌的能量

祖国啊！站在你的肩头

我常常想，我是种子埋进你黑色、红色、黄色的泥土里

长出无限的希冀和能量

长成一个继往开来的新时代

我是树叶，把绿葱茏在你拥有长城内外的胸膛
我是花朵，一朵又一朵灿烂地
开放在你走向繁荣走向复兴的脸上
我是风是雨，巡游在秦砖汉瓦、喜马拉雅之上
我是一粒玉米，一粒小麦，一粒水稻
生长在你的高山平原万里江河之上

祖国啊！我看见奔驰的高铁
那白色的机体高速地在陆地上飞行
铁路两旁是成熟的五谷高粱
是弯腰劳动的爹娘
祖国啊！我看见鸟巢升起的五彩的火焰
光明的羽翼正升腾在神州的万里之上

祖国啊！我听见国歌在大地的上空飘荡
天地有歌声，无数人在心中合唱
万物有使命，无数人在大地上奔走
一个音符，一种荣光
一句歌词就是一枚钉子
一下一下钉进了我的血液里
那些飞起的音符，那些
铿锵的雄伟的嘹亮之声，在胸间涌起的力量
似有天地开合之气
行走于大地苍茫之间

祖国啊！我亲亲的祖国
仰望你的荣光与辉煌

总有一种豪情在我们心中激荡

犹如 1000 千伏特高压腾空而起穿过茫茫时间，大地河流山川

挺起中国坚强的脊梁

雄安新区，国之大事

雄安天下，天下雄安

祖国啊！我用满腔的热血

进行人生大气磅礴的书写

金色的光芒正在大地上照耀

在这狂放的晨光里　我禁不住

高喊一声

亲亲的祖国啊！

不觉已是热泪盈眶

祖国，我盘旋上升的祖国

在这灿烂辉煌的新时代

在这光芒四射的季节

我把你紧紧拥抱

（作者单位：国网河北省电力有限公司检修分公司）

红星闪闪，永放光彩（组诗）

◎ 汪再兴

永在征途

健步走，每天一万步
大概需两个钟头
而一百年需要走多少路
案头，一本革命、建设的大部头
就是翻翻，手也会酸痛
更不用说一字字诵读
一步一步，那些骨头和血肉
一个个，身躯高耸
在书本上艰难地行走
以至泪眼蒙眬，模糊了面容……

要多少居高者站在屋顶的上头
把棉花似的云朵压榨成沉重的石头
要多少入侵者闯进残破的屋头
翻箱倒柜肆意践踏，掠夺凌辱

甚至随意放火，作威作福

才能激起一个人忍无可忍的愤怒

才会蔓延成千家万户的怒火

激荡人民和一个民族的觉悟

——连窗外最自由的风

因很难想象，而无法诉说

拿着镰刀，他从地头走上来了

握着锤头，他从工厂走过来了

甩下书本，他从课堂走出来了

镰刀和锤头交错，就会撞出火星

信仰和激情交融，更会燃出星火

一双双脚，无数双手

从黑暗中窸窸窣窣地摸索

到星星点点地串起队伍

然后，蓬蓬勃勃燎原于中国

狂飙突进铁流奔涌，直至——

南湖船的开天辟地

南昌城的清脆枪声

井冈山上层林尽染

鄂豫皖边万山红遍

还播种两万五千里征途

深耕梁梁峁峁的黄土

延安，让红星照耀中国

山丹丹开出红艳的花朵

黄河咆哮，我们在太行山上

一样掀起了汪洋大海的波澜壮阔

走着走着，中国人民就站起来了
走着走着，中国人民就富起来了
走着走着，中国人民就强起来了
回首百年来走过的辉煌道路
就是用多少文字也无法描摹
而展望伟大新时代的复兴征途
只有十四亿张生动的面孔才能形容
那是血是泪是悲是喜是曲是歌
那有梦有魂有识有为有你有我

里程碑

旱路自 1919 年的五四风开始
水路从 1921 年的南湖船起计
即使在 1927 年的空中
道路就是脚步，大我就是烈火
每走一步都挤开黑暗的罅缝
每一道罅缝都点出信仰的星火
每一点星火就燎原火海的壮阔
然后，大地就光明起来
道路就抬起头来
里程碑就站了起来
一座座
走得过两万五千里的征途
就举得起四万万同胞的双手

亮得出一百年来的行程
更聚得起十四亿人民的脚步

今天，站在前门零公里的起处
近处和远处，终于
有形和无形的碑，都高耸
它们多像一根根整齐的梳齿
聚合成一把七月的梳子
把风吹乱的头发
——，从容梳理
直至你的眼里，满是泪水

我爱北京天安门

我爱北京天安门——
从闪闪的国徽，到建筑的实体
没有哪个门，能让我如此魂牵梦萦
吸引我们来到北京，并在此扎根
以尽可能多一些亲近的机会
虽然，每一次都得和人群
安检、购票和排队
可是但是就是，每一次
依然会重温很多很多的词语
诸如过去、梦想、庄严和神圣
现实、热血、激情和青春……
当然还有"站起来了"的句子
还有锦绣文章、新时代画卷的篇什

以及，中国共产党万岁
祖国万岁、人民万岁的声音
所以每一次，我都要尽量地触及每一寸
努力体会它蓬勃的脉搏和热烈的体温
尽管每一次也许有不同的心情
但最终会被蓝天上的白云
以及广场上花团簇拥的人群
翻腾出优美，壮阔出欣慰
从而很自然地祈愿：
有伟大的中国共产党领导
天安，国安，人安
普天长安！

人民万岁

人民就是我的父亲母亲
是乡村左邻右舍的乡亲
更是儿女们种入土地
扎根、破土、拔节、结穗
千百年来，一年四季
和水，共着风霜雨雪
和星星，眨着晶亮的眼睛
平日里，安分得就像沙子
搅拌得当，就可以混凝
碰撞出井冈山头的火星
移动成淮海的小推车
甚至，坚挺为蜿蜒的长城……

他们和土地同着一种颜色

也和大海一样风平浪静：

做好自己，做最美的水分子

干好本职，让浪花更有型

当风暴，比如新冠肺炎疫情肆虐时

不添麻烦就是贡献

如若志愿更是奉献

——我是如此地爱着人民

以致每当登上天安门

都要用心倾听伟人们的声音

激荡北京天空的云海翻腾

然后，泪雨倾盆

太阳

现在，在天安门城楼，看

东方升起的太阳

太阳从东边升起，西边落下

温暖世间万物，照亮人间万象

一丝一寸，都是时光

还日复一日，永不停息

只不过，在东方

太阳是红色的

初升时喷薄的鲜红大红

就像希望，喜气、吉祥

日上三竿的殷红朱红

就像血液，热烈而奔放

正午的深红枣红灼红

就像斗志，激情着能量

紫红的嫣红的粉红的

杏红或桃红了百花

水红的绯红的晕红的

彤红了江河，火红了海洋

还有枢机红宝石红浅珍珠红

让你心亮堂、情丰富、眼明亮

自然而然挺直脊梁和胸膛

而在西边

太阳就开始转白了

下午的太阳，是白炽的

傍晚的太阳，是金灿灿的

只有在轰然撞向西山的时候

才会成为橘红或橙黄的模样

偶尔也有玫瑰茜红的光亮

灯光闪闪

在首都，每当我仰望星空

就想起"五星出东方"的锦帛

以及《红星闪闪》的儿歌

默念中，偶尔还数一数

这一颗，是不是飞船"神舟"

那一颗，像不像空间站"天宫"

哪些是"东方红"，哪些是"长空"

哪些又组成了北斗卫星系统

星光闪烁，是否又发射了
火箭"长征"或快递"东风"……
数着数着就失笑，因为也知道
星空浩渺，卫星太小
肉眼当然不会看到
但有心，自然会洞照

而在和平的星空下
我看得更多的
是做饭时燃气灶点火的一瞬
是孩子作业时翻开的中文课本
是手机或电视开机时礼花的背景
是同事们胸前佩戴的党徽
是会议厅正中间插着的国旗
是为工作而争论时的唾沫星
是加班到深夜时的眼冒金星
以至回家路上的红绿灯
好像都加装过星棱镜
以及，又想到你时
你那星光晶亮的眸子
和心与心撞击的，永不熄灭

如果一颗星星就是一个人的化身

如果一颗星星就是一个人的化身
我爱的就是星空中满天的繁星

因为在中国，无数的他们
是冲进烈火时一闪而逝的剪影
是地震救灾时拨云见日的光晕
是洪峰过境时从不位移的亮点
是病毒肆虐时逆行而上的荧惑
是火神山雷神山或黄庄工地上
连夜忙碌的那些光亮的身影
是国家电网人点亮的
一扇扇窗户的灯，眨着的眼睛
再想起我走过的村庄和城市
制服的荧光绿
工服的反光背心
以及红星闪闪的帽徽
甚至和晶亮的眼睛对视
你星星一般，尖叫的声音
也许亮度不够
尽管小如微尘
但一个人就是一颗星
千千万万就组成了银河的美
——不管夜多么黑
哪怕心情，也曾最深的灰
但只要看见我热爱的人们
就会自然地仰望浩瀚的星辰
也因此，每每划过一颗流星
我总是无法抑制，光明的泪

只有中国，春天如此辽阔

年年新年，从曾母暗沙过来
航母一路向北攀爬纬度
而我愿是一阵风，扬起南海的波
掀起一枚枚鲜绿的叶子，惊喜
亮出三沙地头早已熟透的草莓
掰开三亚的番石榴，海口的芒果
让你微翘的嘴角流出春天的汁液
咬出春季，水果般清脆的滋味
关于绿，香港、澳门和深圳
大湾区的四季，红树林总是常青
白云山葱葱郁郁，依然清爽和清新
以至京广高铁灵动风景的生机
次第开放的花当然是必要的
二月的五岭，梅花还在漫山遍野
而桃、梨的花雨，三湘已然缤纷
一树树雪樱穿过荆楚大地
金黄的油菜花在中原轰轰烈烈
至于燕赵，才刚闪过迎春和连翘
朵朵白玉兰已装扮京城的红墙
生发太行、燕山壮阔的联想
让蜿蜒的长城串起万里的杏花
三月了！辽西走廊的青草终于尖叫
公主岭也扯下了白雪的头罩

连黑龙江的冰都咧开了嘴

尝尝开江鱼，吃货的春天就完美了

如果非要说有什么遗漏

该是羊群般的白云还没松手

翻过大兴安岭四月的林海

铺展呼伦贝尔大草原的绿毯

风，又在丝绸的飘荡中起起伏伏

——只有中国，春天如此辽阔

连我的想象也有穷尽的时候

比如，遥望喀喇昆仑的雪峰

只好把夏天当春天来过了

（作者单位：国网北京市电力公司）

镰刀和锤头锻打的铁血（组诗）

◎ 李　勋

热流

不怕青春的鬓角过早卷起雪花

总是让热血电流奔涌与呐喊

把装填人生的一些美好

摁进铁臂长龙振翅放飞的神韵里

塔尖上的大雁高高飞过

风儿托起闪亮的承诺

每一个风雨交加的幻夜忙碌坚守

每一次血歌如期闪亮敲打

都飘扬着一杆杆鲜红的党旗

母亲啊！此时的今夕又是何年？

您播撒在我们心中的阳光雨露还带着神光

一个闪亮的黎明扑展出浴火的凤凰

帮我们轻轻擦拭经年的云淡天空

喜悦而激动的那些奔走的热流泪光……

血脉

今天，这曾无数次被喂养过的
战斗马匹，还有热血河流
自觉会在风雨无阻的征途扬鞭奋蹄
之后，我们就站在时光的山巅上眺望

当我们打开日子的橱窗
和时光的那道闸门
始觉漫漫长夜的旧中国到新的世纪
有了从站起来富起来到强起来的宏大跨越

浙江嘉兴一个梦想起航的地方
一直连接着党的根基和血脉
新时代再出发的路上
党旗猎猎，战马奔腾

不忘初心牢记使命代代相传的红船精神
思想灯塔似指路的明灯扬起了信仰的风帆
让青春之花在祖国广袤辽阔的大地上炽烈绽放

忆往昔峥嵘岁月絮絮唠叨点点滴滴
似一口口浓烈纯正的乡音
呷出最初忧国忧民的情怀

烈焰

这杆镶入镰刀和锤头的旗帜
从南湖一条小船上一直举到了新时代
那些装着真理的枪膛弹道
于黑暗中射出了从未有过的光亮
从此一个偌大的国家在颠簸的风雨中
摆脱了曾经的摇摇晃晃

如今强大开放的中国四方宾客聚会
仍在听风讲述着过往的一场场惊心动魄的大战
甲午风云，起义的短枪，城楼的长炮
和长征路上草地与雪山交织的悲壮

听吧，燕子歌来春天一场翠绿的风儿
呢喃东方的南海刹那惊现的一道虹彩
经一个政党饱满乳汁甘露的喂养
播撒深耕在一个大写的民族的一方精神沃土之上

烽火

漫漫长夜的煎熬
是从母亲粘连的脐带上破茧，然后
从扑进一个民族雪亮忠魂讲述的怀抱开始
醉读《西江月》上的烽火
在微弱的灯光下写下血色长诗

慰藉每一位缔造共和国的先辈

那天，香江燕子呢喃的晨光
引来了花香中国百鸟朝凤
一撒辽阔疆土上传播的火种
在万树枝头对决时光

巨人般倒下失去引力的血管
和瞬息切割生命肿痛的咽喉
一束束希望的光柱打出救亡的烈焰
植出心灵重新栽种的信念

曙色

新的征途新的征程
再度续写当年上海法租界石库门的火种篇章
记得漆黑的夜里一幢十分普通幽静的民宅小院
一群人聚集在这里聆听遥远北方轰鸣的炮声
用一个个小故事诠释《共产党宣言》的真理
真情诉说一个时代久久埋藏的心曲
和那般探求民族解放与复兴事业的曙光

一个个向党发出铮铮誓言者举起右拳
低沉雄浑的声音穿透南湖秀水泱泱的船舱和画舫
一种坚定的信仰把穹顶上的希冀打造出来
直至那盆熊熊之火将过往一切的苦难彻底燃烧

一把把负有使命的镰刀
与同草地上的追光映亮了新生共和国脆响的骨骼
金色的锤头一样亮出
井冈山，遵义，延安，西柏坡，北京
那般新生命的曙色

暖光

就是在人生这么多绚烂的诗梦年华里
一根根电火花擦亮每一个有情的章节
在中国建设的大地上闪烁播火
抒写共和国强起来的篇章

新一天攀爬的天梯和耸立云端的高塔
也分别延伸了它们生命跨越的长度和扩充的高度
一只只清晨放飞的白鸽带着神圣的使命
和着一直奔流的天山与长江黄河勇猛呼号

苦苦思虑构架着美丽中国的远景目标
春光不负韶华坚强托举中华龙的儿女
一表拳拳之心的光芒执着的信念
向着大地爱心家园插播文明的火种

哦祖国，我是终其一生为您热切歌颂的孩子
一任肆无忌惮的狂风和无数短暂暗夜的抽打
几经肆虐的洪水偷袭和吞噬我们幸福美丽的家国
我们始终怒目圆瞪一次次快速斩断恶魔

一次次于奋发征途迈出铿锵有力的脚步
将似水流年导播的这些铁流
推向了炉火中燃旺气壮山河的烈焰
冲天云浪和高大巨塔

（作者单位：国网湖北省电力有限公司武汉新洲区供电公司）

火红的七月火红的心

◎ 翟 鑫

红色，是七彩世界中最壮丽的颜色

给人的生命注入永恒的力量

红色，是人们心目中最崇高的颜色

指引着前进的方向

国旗的颜色是红色

党旗的颜色是红色

革命者的鲜血是红色

共产党员的一生也是红色

百年前的南湖游船

犹如天际升起的朝阳

十几个热血青年

在运筹一个红色的理想

那船原本不是红色的

船内燃烧的热情把它染红

就成了一个红色的会场

中国革命就从这太阳升起的地方起航

正是由于黑夜漫长

人们对于太阳才有强烈的渴望
他们在旭日里前行
承载着一个民族的希望
经历着一个曲折的历程
探寻着改变中国命运的航向

多少处暗礁险滩
多少次惊涛骇浪
船的航程在起伏的五线谱里
写着平平仄仄的诗行
起初那几个操舵人
便在风雨中迷惘
中国革命的紧要关头
有位舵手操起舵轮
矫正了那船的航向
井冈、遵义、延安、西柏坡……
每一处革命圣地
都是一座闪亮的航标
都是一次伟大的行动导航

那条船的路线
有千万条船紧随其后
江河湖海都在咆哮
云集一支庞大的队伍
演奏出东方红的合唱
雄鸡一样形状的土地
终于发出了黎明的报晓

一轮火红的太阳

从未有过今天的辉煌

一代又一代掌舵人

开辟的一条中国特色的航线

新时代，把我们的航程

永远指向那火红太阳的方向

（作者单位：国网山东省电力公司聊城东阿县供电公司）

悬　崖

◎李　沙

　　我立于悬崖
　　风在耳边猎猎作响
　　我望向谷底
　　火红的杜鹃一路盛放

　　与我并肩立于悬崖的
　　是你吗
　　风拍打着你的头发
　　鼓起你的衣衫
　　我轻轻问你
　　怕吗？
　　你淡然一笑
　　没有说话
　　你只是立于悬崖
　　任风呼啸
　　目视远方

　　远方

是一百年前的 1917 年吗
你用响亮的啼哭与这个世界打了第一声招呼
远方
是一百年前的遂昌金竹王川村吗
那是你初次与这个世界见面的地方

我知道
你们家，是乡里村间远近闻名的中医世家
儒雅开明的父亲教你识字习文
富裕殷实的家境让你步入学堂
我不知道
你的父亲，有没有后悔过
教你读过的那些书
使你选择了这样的一生
早早抛下他们
去追求平等、自由、解放

你的一生
应该是你想要的一生吧
如果没有读过书
你的梦中不会出现秋瑾和花木兰
你的梦想是和秋瑾一样，打破封建，男女平等
和花木兰一样，投身沙场，抗日救亡
你在书中寻到的那些理想
让你对新世界生出了向往

1939 年

你加入了中国共产党
为了增强浙西南的革命力量
你放弃了去延安的梦想
不是命运选择了将你留下
是你选择了留在这片土地
与这片土地的百姓共同面对苦难
迎接希望

你高谈国事，宣传抗日
你经商筹资，支援抗日
1943 年的你
有一个志同道合的未婚夫
你们爱国，抗日，却因此受到监视
春风沉醉的夜晚
本该与爱人相拥，互诉衷肠
你却与你的爱人匆匆告别
带着你要保守的秘密
被押向牢房

我只能凭借想象
去回放你被押送的这一路上
你内心所经历的波澜
二十六岁的你，风华正茂
山路崎岖，却无限风光
你不可能不留恋眼前的一切
然而你，和党托付给你的秘密
绝不能落入敌人的手中

你二十六年的人生在你眼前一一划过
时钟的分针不过往前跟跄了两三步
再见
我的父母
再见
我的爱人
再见
我自己
你与这个世界一一道别
你要用生命去拥抱新世界

你立于悬崖
风拍打着你的头发
鼓起你的衣衫
你纵身一跃
身姿决绝，像一只鸟飞入山林
像孩子，投入母亲的怀抱
风的手掌将你托起
你最后的呐喊在山谷间回荡
我愿意为党和人民献出一切
包括我的生命
杜鹃花的泪水染红了山谷
崖底的溪流轻声为你歌唱
你的纵身一跃
决绝得，不像告别
因为你知道
悬崖

是你通往新世界的
必由之路

火红的杜鹃开满整个山坡
春天的风温柔地抚摸着我的头发
我立于悬崖
听到
一个二十六岁的姑娘，清脆的声音明媚如阳光
你好
新世界
我是，谢如兰

注：谢如兰，女，1917 年出生于遂昌金竹镇王川村。师范毕业后，投身抗日救亡运动，1939 年加入中国共产党。1943 年 5 月 9 日被捕，5 月 12 日在被押送途中，跳崖牺牲。

（作者单位：国网浙江省电力有限公司丽水供电公司）

我的党员父亲

◎ 王　磊

小时候

父亲的形象是一袭绿色的军装

身形矫健，飒爽英姿

在党旗和八一军旗的指引下

鏖战"两山"，英勇无畏，保家卫国

那时候的父亲像似一团烈火

只要嘹亮的军号响起

就会毫不犹豫地向敌人发起冲锋

奋勇向前，视死如归

我曾问过父亲

战场上枪林弹雨，九死一生

为什么能够做到舍生忘死、一往无前

父亲说，因为我是一名共产党员

长大后

父亲的形象是一袭蓝色的工装

钢筋铁骨，赤胆忠心

在党旗指引下
牢记"人民电业为人民"的企业宗旨
建设电网，勤劳朴实，兢兢业业
那时候的父亲像似一座大山
只要群众寻求帮助的电话响起
就会毫不犹豫地前往事发地点
排忧解难，坚实可靠

我曾问过父亲
线塔上风吹日晒，条件艰苦
为什么能够做到任劳任怨、无怨无悔
父亲说，因为我是一名共产党员

现在
父亲的形象是一袭墨色的休闲装
和蔼可亲，平易近人
他常会教导我和孩子们要听党的话
跟党走，不忘初心，方得始终
现在的父亲像是一杯老酒
每当我为生活或工作忧心烦恼之时
总会耐心地启发开导
从容淡定，沁人心脾

时光如水，岁月如歌
已至花甲之年的父亲日渐苍老
不复当年的意气风发，斗志昂扬
现在的父亲，鬓发花白，皱纹益深

平时看书看报已经渐渐离不开老花镜

时间改变了父亲的形象
改变了父亲的心性和脾气
但没有变的是他常在小区里转悠
哪里的灯不亮了，他就出现在那里
有人说，你这样为了啥
父亲说，不为啥，因为我是共产党员

（作者单位：国网河南省电力公司郑州中牟县供电公司）

听老兵讲过去的故事（外一首）

◎ 钟　雪

速度，加速度
当炮火在身边不断轰炸时
生命用它最后的力量与时间赛跑
这关系到是否可以活命
是否可以扔出怀里最后一枚手榴弹

枪炮无眼
没经历过上甘岭战役
是无法想象战争到底有多残酷
前一个团的黄继光堵了枪眼
我团的胡修道眼睁睁看着自己排长牺牲在炮弹之下
"还我排长"，他哭红了眼
一个人在 3 号阵地和 10 号阵地歼灭了 280 个敌人

隔壁班的女班长腹部中弹
战友们的医疗绷带全部给她用上
我抬着担架奔向卫生队

一路上，女班长没有喊一句疼

却一直喊冷

再多的军大衣都不能给她保暖

直到她再也说不出一句话

我知道她为何会冷

因为，她的血液

流尽了

鲜血染红了朝鲜的雪地

在十八九岁的年纪

经历的是生离与死别

战友的感情绝不输任何感情

同乡的战友在我身边倒下

临终前说了三个字"要、胜、利"

我哭干了泪，却再也换不回战友的命

在那战火纷飞的年代

战友用牺牲换取革命的胜利

我带着战友的希望

见证了新中国的腾飞和人民安定

这是百年共产党历史征程中的一个故事

也是一个老兵的故事

或许你不知道我是谁

但我知道

我，只是一个老兵

电流穿越百年

当时钟倒退回零点
电流穿越百年
过云，过月
过防空洞，过吊脚楼
过三江交汇之处
百年前的山城
入夜，没有光

一座电厂的物理高度和精神高度不一定相同
在这百年的时间长廊里
一束电流穿过光绪 32 年
穿过渝中半岛
穿过绣壁街
点亮了第一束光
那一刻
照片、书籍、历史、记忆
由黑白被照亮

如果我不说
你不会知道
重庆大溪沟电厂里除了发电机组
还有隐姓埋名的地下党
还记得 1937 年夏天
怒吼剧社的一出《保卫泸定桥》

让战火中的人民看到了希望

如果我不说
你不会知道
1949 年的冬天
国民党特务准备炸毁电厂
电厂工人誓死捍卫
在血色中迎来了重庆解放

"百年发展，电力先行"
从城镇到农村，从乡镇到山区
脱贫攻坚、战"疫"保电……
党旗飘过的地方
电力传记下了百年峥嵘
也写下了电网人的使命和担当

立于高山之上兮，眺望远方
百年风雨，岁月峥嵘
百年间，电网人见证了山城的变迁
山城也见证着电网人的成长

立于高山之上兮，眺望远方
百年奋斗，灯火辉煌
百年间，电网人将远山尽头点亮
用血与汗书写了责任与爱的华章

立于高山之上兮，眺望远方

百年信念，初心不忘
百年间，共产党员服务队成为山城的脊梁
党徽闪耀，熠熠发光

立于高山之上兮，眺望远方
百年成就，电网坚强
百年间，电网人穿梭在铁塔银线上
平凡守护，不负人民期望

（作者单位：国网重庆市电力公司供电公司）

那一束光

◎ 孙孟起

百年之前，积贫积弱
百年之后，国富民强
迎来百年华诞的中国共产党
像是明媚温暖的太阳
一束束光芒，穿云破雾
照耀在中国电力人心上

那一束光
是一心为民的信仰
引导电力人拼搏向上
做好服务，为人民提高生活质量
缩短了办理电力业务的时间
延长了家人说笑的温馨时光

那一束光
是争分夺秒的曙光
抗击疫情体现着大国的担当
电力先行为人民点亮方舱

驱散了对病魔的恐惧
燃起了对美好生活的向往

那一束光
是不畏艰难的力量
脱贫攻坚是党和人民的愿望
充足电力为贫困地区带来光亮
减少了地区贫富的差距
增多了人民笑意的脸庞

那一束光
是四海欢腾的华章
喜迎冬奥架起文化交流的桥梁
电力保障让交流更顺畅
奥运精神在这里聚光
八方宾朋在这里同框

那一束光
温暖、激励着我
使我对自己充满信心
对工作充满力量
对未来充满希望

（作者单位：国网冀北电力有限公司承德供电公司）

光影百年

——献给老一辈电力人

◎ 王　鹏

在两江汇流处筑一座城
灯光隔着河床对望
它们离得很近，几乎要站成彼此

铁塔的身躯伟岸，电杆是清瘦的笔
一代人，深深扎根在这里
扎根田野，扎根时代，变成脊梁
用光明把人间高举

我要告诉他电的真相：
怒吼、抗争，甚至死亡
让地铁停靠在百年前的铜元局
一盏灯，活在深邃的目光里，呼吸
呼吸了百年，呼吸着时间的延长线
一场声势浩大的革命，骤然苏醒

今夜，重新爱上这座城
由运行的电缆带路，就这么一直走
走过带血的黄昏，走过炮火
走过新鲜的旧日子

一座铁塔在热血的身体里，连通山河
我看见结冰的窗口透出了温度
我看见钢铁跳进了熔炉
我看见学校、医院，热闹的街道上发出的光

如果可以，我会去——问候他们
额间的汗渍、肩头的霜花，或者老去的白发
如果可以，我会在每一个醒来的早晨
挥动手中的扳钳
把骨骼里生长的螺丝拧紧

炙热的文字顺着胸腔迸溅
那里写满了艰苦而神圣的历程

太平门外点亮的第一盏灯
抗战救国发出的第一声怒吼
狮盘线上的第一次带电作业

一条红船的沧桑百年
一个国家的峥嵘百年
也是一代又一代电力人的
奋斗百年

（作者单位：国网重庆市电力公司垫江供电公司）

忘不了，不能忘

◎ 仲永生

忘不了，不能忘
一百年前选择共产主义的信仰
铁锤镰刀刻在了党的旗帜上
跋涉神州大地的千山万水
饱经一个世纪的风雨磨难
尽览峥嵘岁月的惊涛骇浪
复兴中华成为终身的梦想

不能忘
石库门里，开启一个时代的觉醒
开天辟地，九万里风鹏正举
南湖船头，挺立一位不屈的脊梁
指点江山，八千里路欲卷平冈
炎黄的子孙，中华的儿女
心在沸腾，血在流淌
为百年孱弱贫穷的祖国
为饱受灾难痛苦的民族
上下求索，奔走救亡

东方破晓，传播马克思主义的科学思想
喷发黎明的第一缕曙光
凝聚建党的智慧力量
唤醒沉睡的大河大江

忘不了，不能忘
一次次血与火的洗礼
一次次生与死的较量
道路的探索何惧有悬崖
弹雨和血泊中挺起胸膛
枪杆子靠党的指挥
才有胜利的希望
秋收风云，井冈篝火
南昌枪声，遵义霞光
问苍茫大地，谁主沉浮
看星星之火，燎原东方

不能忘
万里长征的漫漫足迹
草地青青积雪未化
茫茫青山的英烈忠骨
壮志未酬泪洒千行
抗日将士的奋勇厮杀
震天呐喊血脉偾张
延安窑洞的星星油灯
挥毫泼洒昼夜闪亮

不能忘

千军万马奔腾的烽火战场

百舸争流突破的滔天巨浪

一唱雄鸡天下白

天安门城楼红旗招展

雄关漫道英姿飒爽

进京赶考的共产党人

交出了历史不朽的篇章

忘不了，不能忘

没有共产党就没有新中国

一百年经典传唱

一百年奋发图强

真理的光芒

穿越历史长河的百年时空

恰是喷薄欲出的新一轮朝阳

改革开放的大潮浩浩荡荡

创造着史无前例的辉煌

新时代中国特色社会主义思想指引方向

实现中华民族伟大复兴的梦想

中国人民站起来

中国人民富起来

为国家的繁荣富强

共产党人永远在路上

忘不了，不能忘

来时的路披荆斩棘

前行的道初心不忘

百年大党正当韶华

奋斗百年路，起航新征程

"神舟"上九天

"蛟龙"下五洋

高铁贯通东西南北

电网飞架四面八方

一带一路世界瞩目

抗击新冠彰显力量

脱贫攻坚战果辉煌

党风民心风清气爽

眺望巍巍昆仑太行

畅想滚滚黄河长江

祖国山河一片好风光

中国发展，中国奇迹

中国人民富起来

中国人民强起来

让世人耳目一亮

中国人民强起来

砥砺前行的步伐势不可挡

（作者单位：国网上海市电力公司市区供电公司）

与祖国同行

◎ 李雅丽

这一刻，目光在流年的缝隙里翻阅

眼眶里满是欢快、舒畅、知足和自豪

百年奋斗，光辉历程

如歌岁月，沧海桑田

回望南湖的红船、井冈山的星火燎原

遵义的万丈霞光、延安窑洞的不眠灯火

还有西柏坡，新中国诞生的摇篮

天安门广场上升起的那第一面五星红旗……

百年理想信念，百年峥嵘岁月

百年艰苦奋斗，百年民族复兴

一路走来

先辈们高举镰刀铁锤的大旗

风雨兼程，披荆斩棘，砥砺前行

在革命征途上、在改革过程中

如灯塔般，指引着我们前行

把中华民族带到了一个高歌猛进的时代

看，高铁、高速公路纵横交错

运载火箭、九天揽月、歼20战斗机翱翔蓝天

蛟龙号载人潜水、海疆航母乘风破浪、奋斗者号深海捉鳖

两弹一星、神舟飞船、嫦娥探月、天问一号

香港、澳门回归祖国

奥运、世博举办成功

港珠澳大桥跨海变通途

一带一路，五洲四海经贸亨通……

中国天眼、中国桥、中国车

中国电力、中国路、中国港、中国网……

道路自信、理论自信、制度自信、文化自信

人类命运共同体，峥嵘华章

同一个世界，同一个梦想

世界瞩目自带光芒的腾飞中国

每个人的一生

无论以何种方式离开母体

都是在睁着眼睛追求光明

光给我们以智慧与想象

引领我们厚积薄发，释放能量

从刀耕火种，到机器轰鸣

从烛光萤亮，到万家灯火

从田野牧歌的乡村，到流光溢彩的城市

电，从诞生的那一天起

便无时无刻不在影响、改变甚至重构着我们的生活

电，是物质的，更是精神的
是科技意义上的，亦是具有文化含蕴的

一直以来
国家电网人践行"人民电业为人民"的企业宗旨
户户通电、扶贫攻坚、最后一公里……
星星之火以燎原之势散发着国家电网人吐故纳新的气息
从青藏联网到新甘石联网
从川藏联网到藏中联网再到阿里联网
有一种灵魂光芒四射
这是不忘初心、牢记使命的铮铮誓言
这是努力超越、追求卓越的国网精神

那一年，抗冰保电
他们口渴啃雪，没有丝毫怨言
用血肉之躯支撑起理想、责任和信念……
那一年，抗洪抢险
山体滑坡，洪水猛涨
电杆、导线、变压器被洪水冲得七零八落，满目疮痍
他们舍小家为大家
昼夜奋斗在抗洪抢险第一线……
那一年，抗震救灾
一方有难，八方支援
谱写了一曲曲感天动地的壮歌
那一年，抗疫保电
雷神山、火神山、方舱医院建设
全球见证了中国速度

同时也检验了国家电网速度

全体国家电网人尽忠职守，护民生、保供电

逆行至发热点、逆行至隔离区、逆行至高危地区支援……

这一年，那一年

他们以生命赴使命，用挚爱护光明

当夜幕降临

璀璨的灯光让黑夜遁隐无形

知道吗？

我们是大地上隐形的太阳

东曦既驾，黑暗无惧

我们是平凡而坚定的星光

体内奔涌着温暖万家灯火的热血

江水滔滔叙忠诚，大山巍巍铸丰碑

国家电网人

听党指挥，对党忠诚

众志成城，勠力同心

建设具有中国特色国际领先的能源互联网企业

构建清洁、高效、安全、可持续的现代能源体系

我们初心如磐

为美好生活充电，为美丽中国赋能

我们，与旗帜同在

我们，与祖国同行

（作者单位：国网四川省电力公司眉山供电公司）

把信仰铸成金色的血脉

◎ 段捷智

有一种追求叫卓越
有一种努力叫超越
卓越，电网职工没有句号的足音
超越，共产党员激情燃烧的热血
雕刻在我们心头的八个大字——
努力超越，追求卓越

敬业的高贵，奉献的虔诚
我们是输送光明的电网职工
以电的光谱绽放正能量
以铁塔的高度举起中国梦
共产党员的旗帜迎风飘扬
我们蘸着太阳书写人生

中国梦，电网情
播种一片绿，收获万里红
比银线更长的是共产党员的目光
比电速更快的是电网职工的行动

把信仰铸成金色的血脉
掌心风云，喜看山高人为峰

心路的求索，担当的神圣
站在电网的高度重新组合春夏秋冬
一缕缕银线伴随我们的汗水延伸
一座座铁塔把无限风光雕铸在险峰
我们在冬天的沙漠种植夏天的阳光
我们在秋天的夜空挂满春天的繁星

脚印闪光，心泉叮咚
灵魂在电光辐射的诗意中升腾
一身工装，一顶安全帽
幻化出素面的尊严和人生的厚重
用共产党员的标准丈量我们的青春
用时代的体温检测我们的生命

责任的庄严，承诺的践行
哪里有艰险哪里就有我们的身影
在抗冰雪的高危铁塔上
在抗震救灾的生死考验中
共产党员总是冲锋在最前线
用燃烧的心点亮万里星空

披霞，踏雾，沐雨，栉风
我们接力高举普罗米修斯的火种
梦与灵魂的碰撞，光与雷电的共鸣

揽月托日的中国龙是我们生命的图腾

我们以电流的五线谱作音乐背景

以铁塔的姿势向党向共和国致敬

与长河对歌，与大山争锋

把一个关于电与太阳的童话紧握手中

电网编织出富裕的锦绣

电流催动起山川的彩虹

雄关漫道，我们指顾崎岖唱大风

以行动和辉煌欢度建党百年大庆

（作者单位：国网陕西省电力公司）

我在百年的风华里守望

◎ 徐家东

岁月悠悠，浩浩荡荡
我在百年的风华里守望
威武的雄狮在跌跌撞撞中劈波斩浪
深深的脚印里闪耀着大国荣光

风雨砥砺，潮落潮涨
我在百年的风华里守望
彷徨、阵痛还有曲折跌宕的迷茫
阻止东方红日升起简直是妄想

披荆斩棘，乘风破浪
我在百年的风华里守望
任风雨汇入早已浸湿的胸膛
我知道深夜课本的纸页不再昏黄

征途迢迢，斗志昂扬
我在百年的风华里守望
沉浮在人间寥若晨星的怅惘

早已飞驰在万物互联的坚强

铁塔矗立，宇宙俯仰
我在百年的风华里守望
像万千根银线守望落日长江
任凭岁月雕琢出坚硬的臂膀

前途似海，来日方长
我在百年的风华里守望
眼波流转在呢喃中的红色画舫
摇曳间，一艘年轻的巨轮正扬帆远航

（作者单位：国网山东省电力公司济南供电公司）

电亮高原（组诗）

◎ 刘菊兰

追忆

穿越历史的长河
漫步在时间的长廊
思绪将记忆的浮尘慢慢吹去
曾经那难忘的画面就这样悄悄打开

那一年
微弱的煤油灯下
母亲为我缝制过年新衣
我一遍遍抄写生字
跳跃的油灯啊，熏黑了我们的双眼

那一年
古老的炉灶向上直冒灰尘
母亲和我披着一身浓浓的煤烟味

那一年
冰冷的水冻伤了母亲的双手
斜阳拉长了母亲疲惫的身影
全家人围着昏暗的蜡烛吃饭
分不清是面叶儿还是洋芋

一年又是一年
母亲成了一棵沧桑的古树
做儿女的我们，用寸草之心报三春之晖
按下电源，为她煮杯牛奶
打开开关，为她清洗衣衫
切换模式，母亲不会为干不了的衣服发愁
插上插座，母亲不会为食物变质担忧
冬天，送上温暖
夏季，送上凉爽
宽大的银屏，照亮了母亲沧桑的笑脸
小村庄终于走进电气化的新时代

追求

岁月如歌
歌声里饱含着高原电力的苦难辉煌
歌声里是电力人顽强拼搏的坚强臂膀
歌声里是电力人支撑起高原脊梁的双腿
从可可西里到河湟两岸
从祁连山下到青南腹地
那些载着梯子的电力抄表工

那些高山荒原里的线路工
百米高空线路上那些"走钢丝"的飞人
风吹日晒撼不动忙碌的身躯
屹立在光影之中
守望着万家灯火

忘不了
1949 年，青海解放时全省仅有一座水电站
198 千瓦的容量
换算到现在，也只能带动 20 户家用电器

忘不了
1958 年，青海首次建成 35 千伏线路
1965 年，建成首条 110 千伏输电线路
1971 年，青海首个 220 千伏与甘肃联网
打破了青海长期以来的电力孤岛局面

忘不了
1987 年，龙羊峡水电厂发电，330 千伏电网投产
自此青海电力跨入高电压、大机组、大电网行列

忘不了
2005 年，官亭至兰州 750 千伏输变电工程正式投用
青海在全国率先进入超高压时代
2011 年，青海至西藏电力联网工程投产
青海电网成为拥有交流、直流的枢纽电网

忘不了

玉树联网、果洛联网投产

大电网覆盖全省所有县域

大电网支撑青海新能源大发展

连续实现 15 日全清洁能源供电

创造了世界清洁供电的新纪录

青海至河南 ±800 千伏特高压电网建成

将青海的水能、光能、风能送向全中国

追梦

从煤油灯到节能灯，从农耕时代到电力物联网时代

一件件设备从无到有，一座座电站从小到大

七十多年风雨兼程

我们向往光明的心，更加火热

一代又一代电网人

驱散了黑暗，扛起了光明，点亮了希望

用忠诚和汗水架起一座座光明的桥梁

一湾山水一湾情

一路风雨一路歌

用一腔热血，将温暖送进每一个城镇和乡村

用一份激情，电亮青海的每一寸大好河山

用一颗忠心，捍卫光明使者的初心和信念

用一种使命，托起高原更加辉煌的明天

我们永远在路上，追梦——前行！

（作者单位：国网青海省电力公司青海电力科学研究院）

历史的足印（组诗）

◎ 任建强

六盘山下，你站成一座铁塔

六盘山下，河流宁静地呼吸
巍峨的铁塔，在春风里露出刚毅的骨骼
你立在铁塔之上，像一只雄鹰
自由地翱翔在银线之间
汗水如甘霖，浸润着脚下的土地

此刻，你已经站成一座铁塔
热情地拥抱着山峦、河流，还有村庄
并且沿着银线远行的方向
将温暖和吉祥，将幸福和光亮
绵延至千里之外

呵，你这电力铁塔上壮实的汉子
你这西北高原奔跑的骏马

你就是一座铁塔
旷野上都唱着你战斗的劲歌
山高路远，你把光明和温暖
伸向每一个能触及的村庄
让每一个沃野上都有坚强的电网

在高原上奔跑

此刻，我看到电在黄土高原奔跑
穿过沙漠、戈壁，甚至高耸的云端
夜以继日，日夜兼程
从远方而来，向远方而去
从一个家跑向另一个家

明天，电将在高原上生根
在高原上发芽，在高原上成长
他将唤醒黑暗的寂静，他将点燃夜晚的色彩
在每一个扎根的地方点一盏灯
为每一个流浪的孩子照亮回乡路

就这样，我和温暖的电住在了高原
彼此成了朋友，成了伴侣
每天都给对方一个温暖的拥抱
那一刻，我仿佛看到一颗不变的初心
瞬间点亮了整个高原

历史的足印

站在六盘山上，我遥望两万五千里长征
目光所及，那是屹立东方的中国
百年峥嵘岁月，历史的足印
是镰刀、锤头引路
优秀的中华儿女，砥砺前行

这是最艰难的历史足印
南湖的船桨，长征的步履
抗日的战火，天安门上的红旗招展
这是人类历史上又一个神圣的时刻
中华民族屹立在世界之林

让我们站在六盘山上欢唱吧
百年党的历史已载入史册
让我们沿着历史的车轮
手握手，握住一起跳动的脉搏
肩并肩，走出一样雄健的步伐
眼对眼，诉说一个共同的心愿
杯碰杯，盛满一腔祝福的喜悦

看吧，这是力量、思想、智慧的集会
党史峥嵘铿锵，党旗高高飘扬
一百个春秋光亮如火
鲜红似血，十四亿人民与您共命运

锦绣中国，铁流奔腾不息
五十六个民族，挥动着青春的臂膀
积淀了五千年文明的国度
光芒与深情温暖了
九百六十万平方公里的土地

百年历史将揭开崭新的一幕
长江、黄河，高山、大海
同声高唱振兴中华的交响曲
歌声灌溉着丰收的土地
歌声高唱着富强的中华

雕像

那些铁塔、银线、电力工人
静静地站立在，苍茫的西海固大地
守望，一段关于光明的距离
你的身畔，是遥远的故乡
千百年来，俯瞰着大地
绵延着温暖千家万户的梦想

银线穿梭，跨过你的脊梁
你依然，如一座时光的雕像
在电流流经的瞬间，你的灵魂
游弋在故乡每一个角落
每一个沟壑纵横的地方
每一个山陡壁悬的村庄

每一个渴望光明的眼眸
每一个名叫西海固的故乡
让光明延续着你的思想

其实，你只是轻轻地
用绵延的银线、电杆、灯光
编织着梦想，一次次在时光深处
摇曳着乡愁，呼唤着渴望
为乡野深处的"一度电"而守望

西海固的电力人，西海固的电网
我们挺直着脊梁，坚守着信念
穿越千里，跋涉山水
将固原电网勾勒成一座完美的雕像

脊梁

巍巍铁塔，那是托起光明的巨人
屹立于一望无垠的大地
条条银线，似音域宽广的琴弦
弹奏出一曲曲美妙的乐章

钢铁战士的身影，带着光明
带着西海固关于光明的梦想
额头渗出的汗水，汇成暖暖的电流
照亮城市、照亮山乡
照亮每一片有足迹的地方

遍布田畴的电网，是西海固经济发展的脊梁

当夜幕降临，华灯初上

电力人怀揣着光明的梦想

在光电中飞扬，在抢修现场

奏起光与电的和谐乐章

多少个曙光初绽的黎明

多少个数九寒冬的黄昏

多少个风霜雪雨的夜晚

都有我们电力人的身影

在充满阳光的生命中

我们以青春为笔、汗水为墨

把幸福的光明，捧进人民心中

用嘹亮的歌喉，同唱一首和谐之歌

光明颂

我想，你应该是山野间的马兰花

在田畴之间生根开花

风也吹，雨也打

我想，你应该是秋天的红叶

弥漫在秋日暮霭的云烟中

阳也晒，霜也冷

我想，你应该是星火

应该是黑暗里的光明使者

在乡野深处流浪，把光明的种子
把温暖的电流，一缕缕地
播撒在西海固的城市村庄

（作者单位：国网宁夏电力有限公司固原供电公司）

党旗下，我们追光的脚步从未停歇

——来自电力老、中、青党员的讲述

◎ 夏宇红

一百年前，在嘉兴南湖上的

一条红船上

中国共产党第一次全国代表大会

在这里举行

历史，在这里转换了方向

从此，伟大的党

带领全国各族人民

披荆斩棘，一路奋进

一百年的奋斗历程

传承一代又一代中国共产党人的

顽强拼搏精神

一百年的奋斗历程

有着，一个个普通党员

立足岗位，忘我奉献的身影

在电力行业，我们追光的脚步

从未停歇

经过几代人的拼搏与接力
终于，谱写出一曲曲
坚强电网的赞歌

一

我是一名电力老党员
有着三十多年的党龄
自二十世纪八十年代参加工作
从大好的青春年华
到如今的两鬓斑白
一直，扎根于基层供电所
风雨兼程地一路走来

早出晚归，是我们工作的常态
风餐露宿，是我们生活的写照
山旮旯里
有我们架起的铁塔
羊肠小道上
有我们立起的电杆、拉起的银线

寒风里，烈日下
我们秉承着
"人民电业为人民"的宗旨
走村串户
为老百姓送去光明

刚进供电所时
居民常常反映
供电电压不稳
电饭煲煮饭都常常煮不熟
冰箱、洗衣机也成了摆设

我们克服网体差、供电地域广、维护人员少的困难
我们冒着寒风，顶着烈日
全所同志一起出动
对辖区全部线路设备
进行全面细致的巡查
有了第一手翔实的资料
才为后来的农网改造
顺利完成，打下坚实的基础

如今，电压平稳了
不但是照明
农业生产用电供求问题
也基本上解决了

如今，我们维护着公用线路
一天的工作任务完成后
总是顺便帮着村里老人们
把自家老旧线路检查一下
把用坏了的灯泡更换下来
好让老人们用上"放心电"

如今，几十年下来
扎根于基层乡所的我
仍以一名老党员的
信念与责任
年复一年
日复一日地
去点亮乡村，送上富民电

二

我是一名电力青年党员
毕业于华北电力大学
放弃了大城市优越的工作条件
来到大山深处的电力公司

从进公司的第一天起
看着老工人那一张张
黝黑的脸庞
岁月刻下斑驳痕迹
他们是行走在大地上的光明使者
亦是我的榜样
我，立志要活成
老一辈电力工人的样子

白天，忙着所里的
供用电、营销等日常服务工作
深夜里

我，仰望着那一根根
落满月光的银线
瞬间懂得了
与广大客户面对面
与工人师傅心贴心的重要性

一个共产党员
就是一面旗帜
一个共产党员
就是一个标杆
如何服务好大局
服务好基层
服务好广大用户
是，我们工作的重中之重

那一个个
行走于旷野中，跋山涉水
巡线的身影啊
便是，国家电网人的
"你用电，我用心"
最好的诠释

三

我是一名新入职的青年员工
也是一个入党积极分子
去年入职时

南方，就遇上了一场大暴雨
那场抗洪抢修中
一群身穿国网绿的供电人
昼夜奔波在抗洪抢修一线
一面面高高飘扬的党旗
便是一种方向
一种指引

党旗下，抢修队员们
用行动谱写着
对党忠诚、不忘初心的誓言

抢修现场
群众的那一声欢呼
"来电啦！"
一身汗水加上雨水
抢修的电力员工
再苦再累
都会露出开心的笑容

一次先进事迹报告会上
那一个个共产党员无私奉献的事迹
不仅让我感动
他们的精神
更需要，我们来传承

电力行业的新员工

是薪火相传的接班人

要以奋进的姿态

奋进新征程

（作者单位：国网江西省电力有限公司九江武宁县供电公司）

红与绿

◎ 傅佳麒

共产党员的一生追随红色——
少先队员鲜艳的红领巾是红色的
如同初升的朝阳
继承革命先烈的光荣传统
滚滚热浪在心中波荡
共青团员光荣的徽章是红色的
沐浴着党的光辉
立志成才，报效祖国
满腔热血在心中流淌
共产党员神圣的党徽是红色的
面对党旗庄严宣誓
为共产主义奋斗终身
成为此生坚定不变的信仰

一百年前嘉兴南湖上那艘船是红色的——
一群热血青年
憧憬着一个红色的理想
他们以信仰为帆，才华为桨

载着人民对美好生活的向往
探索着改变中国命运的航向

一百年沧桑巨变
一百年风雨兼程
一百年励精图治
一百年风华正茂
革命先辈筚路蓝缕，以启山林
才有了今天的盛世中华

国家电网的标识是绿色的——
代表国网人
为建设具有中国特色国际领先的能源互联网企业而奋斗的使命
这是每个国网人
不懈的追求与理想

国网人的工装是绿色的——
彰显着国网人服务、奉献、责任的力量
"你用电，我用心"
是每个国网人
不变的坚持与承诺

以全部的热情
守护万家灯火
以全部的热情
守护着电网坚强
我自豪，我是一名国家电网人

永远践行着光明使者的担当

红色是热情，绿色昭示希望
绿色的国网电网——
用一颗红心
为千家万户传递希望的光明

（作者单位：国网江西省电力有限公司）

永恒的信念

◎ 贺文郁

当最早的一批播火者

升起第一面以镰刀、铁锤为标志的鲜红党旗

集结在这面庄严旗帜下的共产党员便开始了

救国、建国、强国的漫长征程

在战乱、贫弱、落后的旧中国

使中国人民看到了民族复兴的灿烂曙光

正如历史证明的那样

中国共产党的诞生

成就了一桩开天辟地的大事情

我们的祖祖辈辈啊

才有了一柄铁锤

能砸开所有的锁链

才有了一把金镰

能聚拢遍地的收成

在历史发展的长河中

是共产党员冲锋陷阵、前赴后继

为新中国成立一往无前

是共产党员热情如火、无私奉献

为新中国腾飞添砖加瓦

我的身边就有这样一位共产党员

他秉承着优良的传统，爱岗敬业、任劳任怨

他的名字像金子一样闪光

当露水迎着朝阳

映衬出金灿灿的霞光

许启金师傅又开始了一天的工作

巡线、消缺、清理树障

复杂的事情简单做

简单的问题重复做

重复的问题创新做

转眼就是 40 年

足迹踏遍了宿州电网输电线路的每一基杆塔

他一直保持着饱满的工作热情不改变

他——不愧是"光明的使者"

他，用自己对党和国家的忠诚，守护着电网的安全

他，用自己对工作和事业的责任，书写出创新与智慧的华丽乐篇

他，用自己对千家万户的承诺，秉承自己一贯的作风忠实兑现

他，对保护工友的安全，用他那并不宽阔的肩膀全部承担

他，始终如一地进行刻苦钻研，热情不减

他，艰苦奋斗，信念弥坚

他，用自己的热情保护了国家电力的空中大道

他，用自己的一束充满创造力的阳光洒向人间

当看到身边有这样一位师傅

我们怎么能不被他的魅力所折服

他那在平凡的身影背后散发出的

是一种我们需要学习的信念

永恒的信念，执着的追求

站在时代的潮头

青年们会以许启金师傅为榜样

用实践来实现社会主义核心价值观

向整个社会传递希望与正能量

脚踏实地、开拓创新

不驰于空想不骛于虚声

我们，穿着"国家电网"工服的青年人

将担负着中华民族伟大复兴的使命扬帆起航

跟着许启金的脚步

在"中国梦"的海洋中激情搏浪

（作者单位：国网安徽电力有限公司宿州市明丽电力工程有限公司）

最美的赞歌

◎ 郭　辉

如果，没有那面高举的旗帜

怎会有，今天壮丽锦绣的山河

如果，没有那燎原的星火

怎会有，今天幸福甜蜜的生活

如果，没有那种坚定的信仰

怎会有，今天伟大富强的新中国

从推翻三座大山到社会主义建设

我们用深情的笔触

浓墨重彩书写内心的喜悦

我们用如火的激情

高唱《没有共产党就没有新中国》

这一首最美的赞歌

从改革开放到努力实现中华民族伟大复兴

我们从富起来到强起来

人民品尝着美好生活

我们用亮丽的青春

在实现小康的道路上努力拼搏
谱写一首首新的颂歌

艰难的岁月
你高举镰刀铁锤
用不灭的火焰
照亮劳苦大众的追求和探索
于是，人人发自内心的那首赞歌
歌唱了百年，依然滋润我们的生活

和平的年代
你高举镰刀铁锤
带领中华儿女
绘制美好愿景努力和拼搏
于是，人人都点起的那盏灯
亮了百年，还在心中闪烁

百年大党
漫长故事，情节波澜壮阔
在世界的东方之巅
屹立起一个崭新的中国

百年大党
历经风雨，走过了坎坷
我们用内心深处的爱
歌唱你缔造的伟大祖国

你
从胜利走向胜利
从辉煌走向更加辉煌
你用清澈的爱，走向世界
明天是充满希望的未来
永远继续你不朽的传说

（作者单位：国网吉林省电力有限公司通化供电公司）

起航红色梦想

◎ 夏　冰

一条游船
劈开南湖的波浪
十数个热血青年
在运筹一个红色理想

那船本不是红色
是船内的热情将它染红
百年前的中国革命
就从这个地方起航

也许是黑夜太长
人们对太阳，才有强烈的渴望
于是我们的视觉里
一部生动的中国现代史
就烙下一条船
在旭日里行进的印象

承载着一个民族的憧憬

运行着一个曲折的历程
船的航程在起伏的五线谱里
写着平平仄仄的诗行

井冈峰巅
遵义城头
延安宝塔
西柏坡……
每一处革命圣地，都是一座闪亮的航标
为一次次伟大的行动导航

跟着这条船的路线
千万条船
从赤水从洪湖……
从黄河从长江……

江河湖海都在奔腾
我们的队伍不断发展壮大
踏平坎坷"向前，向前"
高歌响彻华夏大地
鲜红的太阳放射万丈光芒
中国共产党党旗迎风招展
引领人民，前进在社会主义康庄大道上
为国家繁荣富强
为人民幸福安康
中国国家电网
为中华民族伟大复兴赋予强大的能量

我辈电网人，更当自强不息
彰显时代担当
放飞心中的梦想
向着朝阳起航

（作者单位：英大泰和财产保险股份有限公司山东分公司）

誓　言

◎ 米雍袁

那个时刻，我看你
从那首歌中走出
心中那只圣洁的鸽子
连同这个蓝莹莹的夜晚
一瞬间变得纯净

那是个庄严的时刻
你站在镶着镰刀和铁锤的地平线上
红色的波涛在脚边汹涌
采撷过大山的寂寞和荒原的深梦
那双手，缓缓举起
蠕动的喉头，聚合了
喑哑多年的呼唤
因为你坚信，夜色苍老
曙光依旧年轻
几千年春华秋实的日子
一条一百岁的路，以及
黄牛般寡言的父亲

像一道道新垦的沟垄

一头，系着过去黑漫漫的岁月

一头，系着明天沉甸甸的憧憬

那时，中国的天还没亮

瘦弱单薄的民族还在流血牺牲

那时，父辈们呼吸着压迫

手持梭镖大刀长矛

把一个黑夜打得纷纷扬扬

永不熄灭的澎湃，从泥土开始

顽强的根系，从

黑暗的阴影里升起来，从

光明的羽翼上升起来

鲜血铸就的高峰

打落一地残红

高歌云天的峥嵘岁月

用血肉筑起了新的长城

今天，你站在这里

听着那首歌

仿佛一种召唤

在脉搏深处跃动

巨石和苍鹰战栗着

隐隐感到那不可抗拒的一切

那些涌动于苍茫夜色中的

红色的脊背，呐喊的嘴唇

在黎明前的风景里

在旋流之上，在孤傲的山顶
缓缓地呈现了出来
使你在以后前行的日子里
总能捡拾到一些凝成琥珀色的记忆

（作者单位：国网宁夏电力有限公司吴忠供电公司）

南湖的曙光照耀中国

◎ 张兴楠

在嘉兴南湖边

停靠着一艘历史的红船

微风吹拂着

吹拂这片不朽的锦缎

抬头望

平湖秋月之上

画舫如织，灯火点点

莲舟之旁万福桥边

渔火映红天

鼓乐齐鸣迎佳客

秋水湖中夜无烟

公渡船舷荡轻歌

菱田秧荷涟漪环

放眼看

风光旖旎景色美

湖心岛外碧浪翻

我迷恋

迷恋这笙瑟和鸣

倾情于霞柳相兼

沉醉于雕舫画橹

倾心于波光纱幔

尽管美景连连

但最吸引我的

却是那艘不朽的红船

你看！你看

那烟雨楼前的红船

映红了晚霞

牵来了祖国黎明

照亮了锦绣河山

革命源头话历史

访踪亭里读史篇

啊，红船

你从这里发出

发出了震惊世界的呐喊

中国共产党万岁

世界劳工万岁

共产主义万岁

刹那间

平湖烟波翻巨浪

开天辟地迎春还

党啊，我亲爱的妈妈

你是黑暗中的曙光

你是奋进中的灯盏

你是永不褪色的精神丰碑

你是扬帆远航的坚船利舰

那镰锤交织的党旗啊

是用烈士的鲜血浸染

虽然征途布满激流险滩

我们革命的队伍

在党的领导下

争取民族解放

在社会主义复兴的道路上

依然艰苦卓绝奋勇向前

在腥风血雨中砥砺前行去把钢铁般的意志淬炼

无数中国共产党党员

投身于火热的革命斗争舍生忘死

无悔无怨

大义凛然

万里长风呼唤睡狮猛醒星星之火燃遍塞北江南

在我的耳旁

仿佛又听到黄洋界的隆隆炮响

听到雄壮的《长征组歌》回荡在天边

那岿然屹立的延安宝塔

那西柏坡上不灭的灯盏

实现新时代中国梦

是历史前进的必然

掀民族复兴之巨浪滔天我们不负韶华只争朝夕

让前进中每个阶段都圆满收官

我们深海探幽揽月九天

在月球捎回从未见过的"土特产"

我们万众一心

敢于创新攻坚克难

科技兴国人才强国

才能驱动发展

自由贸易港迎风启航

"云"上外交正实施中国方案

"十四五"规划蓝图向我们招手

唯愿山河锦绣

国泰民安

唯愿和顺致祥

幸福美满

为实现最高理想共产主义

为使中国梦早日实现

我们迈着坚定的步伐

理所当然会去把理想桥梁搭建

啊，伟大的党啊

已走过光辉灿烂的一百年

如今，革命的航船在主航道上

正乘风破浪

沿着既定的目标过关斩将

继续远航扬帆

（作者单位：国网黑龙江省电力有限公司）

七一，向党旗敬礼

◎ 苟保弟

一

一个红色的标志，引发
一个非凡的故事
一个特殊符号，引出
一段浅浅显显的情思
一段生活往事，勾起
非比寻常的记忆

二

中国共产党早期组织
犹如中国大地点亮了一盏盏明灯
"五四运动"的游行队伍
冲垮了反帝反封建制度的藩篱
星星点点、亮光闪烁
闪电划破夜空

虽不能驱散固化的黑黎
却让红色火种在神州大地上燃起
长夜漫漫，大地依旧沉寂

三

南昌起义的枪声
吹响了向国民党武装抗争的鸣笛
龙岩、上杭农民运动梭镖林立
如闪电刺破暗夜天际

井冈山工农武装建立
中国革命大旗高高举起
"星星之火，可以燎原"
古田、麻黄、龙岩……
红色火焰燃烧遍地
直燎腐恶势力巢穴
南梁、瑞金、上杭……
神州大地飘扬红色旗帜

四

百足之虫，僵而不死
宫墙破败，腐而不塌
国民党反动派大肆屠杀，疯狂逆施
妄图一举剿灭革命火焰
霎时，黑云压城、腥风血雨

山冈哀啼，血染红旗

五

收缩改编
是为了保存实力
远征转移
为收回拳头打出去
梅岭阴雨过后
映山红开遍
洪湖雾霭退息
舟船出没晨曦
新中国蓝图，在延安窑洞设计
共和国模块，从西柏坡土屋建起
1949 年 10 月 1 日向全世界公开展示奇迹

六

五星红旗，在祖国上空飘扬
党旗引领，航程开启
途程坎坷，风霜雪雨
鹰击长空，鱼翔浅底
千难万险，激流礁石
百舸争流，无限明媚

七

百年华诞

既是时间概念，亦是历史进程

既是道路里程，亦是进程标志

既是总结，亦是回忆

既是追溯，亦是展望

既是温故，亦是新意

既是攀登，亦是固基

七一，向党旗致以崇高的敬礼

（作者单位：国网甘肃省电力公司检修公司天水分部）

南湖红船（外一首）

◎ 程亚军

一条船，停泊湖面很久

看着她，她没有想过更多水域的精彩

偶尔看着掠过的飞鸟、游鱼

也安静地看着繁盛的荷叶、莲花

目光所及，近处、远处，还有更多令人心动的事物

她以静，创造了快速飞驶的历史

到达胜利的彼岸

这唯一的一条船，以了不起的安静的意志

停、停在那里、停在初心亭

历经沧桑的船更加迷恋湖上细节

今日晴空下低飞的红蜻蜓，昨天船上映现过前人身影的花木窗

如此安宁，静美

但这并不弱于那些快速的移动

往往越安静的事物

却有着强大的摧枯拉朽的惊世力量

南湖，青莲记

我来南湖，看到湖面那只停泊的游船
也看到莲叶、荷花
鱼戏莲叶东，鱼戏莲叶西
当年的 13 位青年，把思想与真理带向苍茫大地
留下一湖朴素青莲与净水

鱼戏莲叶南，鱼戏莲叶北
当清风徐来时，必定伴着柳絮盛垂
他呀，清澈的眸子
正在靠近一座未知的盛大的湖

当他划着小船来到另一个世俗之湖
雨季与雷暴，燥热与大风
交叉出现在湖面，人生也会遭遇陷阱与诱惑
他想起南湖，革命者留下的繁盛青莲
出淤泥而不染

他知道了心中的力量能带动湖水
什么是对的，什么是错的
一个南湖在那里，自有深浅评判标准

当他来到时光尽头，仿佛返回《采莲歌》首句
望着一湖洁净事物
回想自己清澈见底的一生，平静，安心

做冬日湖边一个垂暮之年的老者
与落日一道赞美南湖，赞美夏日青莲

让后来者明白，季节周而复始
这游船，会同莲叶间升起的清风、朗月
就是一个国家的明朗正气，与底色

（作者单位：国网浙江省电力有限公司台州三门县供电公司）

百年荣光

◎ 谈　敏

一百年
那是一段蹉跎的岁月
小小红船承载着中华民族的希望
在历史的长河里，流淌

一百年
那是一段砥砺的征程
顽强不屈，星星之火，可以燎原
在岁月的洗礼中，光芒万丈

救国、兴国、富国、强国
开天辟地的时刻，赤诚的红色在飘扬
改天换地的日子，赋予神州茁壮成长
翻天覆地的时期，有镰刀锤头的模样
惊天动地的时代，注定华夏前行无恙

革命、建设、改革、复兴
激情燃烧的岁月里，有许多英雄

无惧无畏，浴血奋战
心里镌刻着拼搏的榜样
艰苦卓绝的进程中，有更多的战士
手握钢枪，砥砺前行
眼里流露出坚定的目光

前行的道路坎坷，仿如那灌木丛中的荆棘
苦难中铸造辉煌，挫折后依然奋起
艰苦而不易
却也始终拥抱不弃的理想

党的发展历程，犹如那黑夜里的繁星
在探索中收获成功，在转折中开创新局
独立笃定的星光
最终赢来光明璀璨的暖阳

伟大的中国共产党，历经百年的成长
中华民族伟大复兴，在呐喊中绽放
如今的华夏儿女，走过千年的道路
众志成城不忘初心，在高歌中嘹亮

（作者单位：中国电力财务有限公司浙江分公司）

旗　帜

◎ 赵家瑞

一把镰刀，砍尽人世间的荆棘恶草

一把铁锤，砸开桎梏奴隶的千年锁链

镰锤铿锵，迸射出燎原的星星之火

镰锤呐喊，引战马顿足

金剑震怒、万炮齐吼

这就是中国共产党党旗啊

她飘扬在硝烟散尽的晨曦中

绵亘在这雕刻着万里长城的锦绣大地上

镰锤交叉的党旗啊

从虎门血染的炮台开始

从圆明园不熄的大火开始

中国人民就在寻找您

多少仁人志士奔走呼号

多少志士泣血蹈海

一千次探索，一万次寻觅

终于在上海望志路一间小屋里找到了您

在嘉兴南湖的一叶轻舟上找到了您

您在民族危亡、神州沦落的时刻
高擎火炬，点亮了华夏大地
为中国人民指明方向

中国在千百面旗帜中选择了您
于是，您挺身硝烟
点燃了秋收起义的烽火
于是，您屹立井冈，长缨在手缚苍龙
于是啊才有了雪山草地的悲壮
才有了抗击日寇的铁壁铜墙
才有了三大战役的滚滚洪流
才有了长江天堑的千帆飞越
党旗啊
您在共和国蔚蓝的天空猎猎飘扬
才使寒流化作春潮
冰雪化作雨露
阴霾化作朝阳

而今，镰刀铁锤经过了百年风云洗磨
雷火锻淬，变得更加铮亮耀眼
看吧，十四亿中华儿女
在镰刀铁锤的旗帜指引下
带着能量与智慧在奔跑
看吧，旗帜飘扬在华夏大地
改革的春风和煦暖人
祖国建设日新月异
旗帜飘扬在神舟卫星发射场

向全世界讲述飞天历程

旗帜飘扬在纵横东西南北连着银线的铁塔上

九天彩虹落人间，大地昼夜明亮

旗帜飘扬在浅海大陆架

又一代铁人奋进在新辟的油田

旗帜飘扬在改革开放的海岸线

新兴企业如花凌霄夺目鲜艳

旗帜高高飘扬在澳门香港

百年耻辱一扫而光

走过了百年的坎坎坷坷

走过了百年的风风雨雨

从昨天的惨淡寒冷到今天的春暖花开

一路艰辛一路歌

锻造了镰刀铁锤的刚强

磨炼得镰刀铁锤的坚毅

成就了中华民族巍巍然屹立于东方

前进吧！奋进新时代

中国共产党党旗永远领航

（作者单位：国网山西省电力公司晋城阳城县公司）

嘉兴南湖（外一首）

◎ 刘月朗

垂柳鲜花，清澈幽深
此刻的嘉兴南湖
像是平静生活溢出的一滴水
清风徐来，满湖涟漪
万千银花铺陈在和煦阳光之下
这绚烂，颤动间光芒万丈
让你想起，百年前，这里
孕育过一场海啸

曾经的湖，化身为海
表面风平浪静，底部漩涡暗涌
有一种力量慢慢汇聚
将要打破这死一般的沉寂

一声呐喊，一艘游船上
来了一群年轻人
他们是跋涉至此的普罗米修斯
怀揣微弱的火种

和燎原的梦想

一份宣言被大声读出
一个制度形成雏形
一个震惊寰宇的政党成立
——伟大的中国共产党，在此处诞生！

星光

穿过百年光阴
有些身影已永远凝固在天空
浩瀚苍穹，亮起点点微光

那是北斗卫星飞驰留下的闪电
是火星探测器喷射的火光
那是电力装点大地的灯火辉煌

那是脱贫攻坚胜利的号角
是全面建成小康社会的践诺
是实现第一个百年奋斗目标的欢呼

是几天几夜奋战在抗疫一线的白色身影
穿越严寒送菜送药的红色志愿者
翻山越岭的第一书记们

是实验室的灯光
三尺讲台的白发

高速路上的方向盘

那是九千万坚守在各个岗位的共产党员
九千万闪亮的星星
汇聚成辽远星河，那是
——信仰的存在

（作者单位：国网江苏省电力有限公司苏州太仓市供电公司）

红船故事

◎ 张　静

一

从烟波浩渺的湖面驶出的
红色的喜悦般荡漾开来
13 名青年，100 年前成功摆渡一艘小船
同时成功地摆渡了整个旧中国

他们眼睛里的火苗，燃烧了 100 年前整片天空
从此，一个光辉的名字冲出阴霾
一艘船镀上鲜红的色彩

二

100 年前的那个初夏与一面湖水有关
一艘渡船和 13 名青年
以 7 小时成功开启了未来

100 年前的 7 月的那天
是澄明的，光耀的，是用来记载的
是用来镀亮的

一艘船有了新的航向
一个新的生命拔地而起

三

从此，烟雨楼不再迷蒙
嘉兴有了红色的羽翼，南湖有了红色的记忆

开始书写红色印迹
从 1949 年的 10 月 1 日起，这艘红色的船
进入世界的视野

四

新的开启，新的航行，新的篇章
乘风破浪，披荆斩棘的新的航程
一声惊雷刺破天际

伟大的火种游走在广袤的神州大地
蔓延的力量在熊熊燃烧

从 16 米长 3 米宽的画舫开启
画舫中舱汇聚的思想，高举的信仰

摆渡船，小拖梢船，画舫，游湖，僻静的水域
这无数个暗喻，无数次的隐去，置自己于虚处
成就了那声巨响，响彻至今，横贯东西

南湖启航的红船破冰远航，奋勇向前
从南湖开启的先河激荡着长江、黄河

五

尘世唯一，前无古人
千万双敬仰的眼神，千万颗虔诚的心灵
红色的路径，热情澎湃的访踪

一次又一次仰望，膜拜，奔赴
一批又一批沿着红色精神行走的人
无限的向往，一次又一次地抵达

开天辟地，敢为人先首创的红船
坚定理想，百折不挠奋斗的红船
立党为公，忠诚为民奉献的红船

六

南湖红船，一艘驶向光明的船
满载一个民族的黎明
红船的航行指向幸福，指向阳光
为整个时代领航，新中国的灯塔

满载南湖的浩荡驶向新时代

从南湖出发走遍祖国的锦绣河山
红船终究，将满载辽阔的大国扬帆远行

而今这块土地如此富饶
祖国的青山绿水如此美丽，都来自一艘红船的开启
100 年前的那艘红船打开了中国的浩瀚
并将满载未来，驰骋万里
向着下一个 100 年高歌猛进

（作者单位：国网湖北省电力有限公司十堰武当山供电分公司）

在路上

◎ 张梁清

在路上
一条小船
从蔚蓝的南湖划来
镰刀和铁锤
迸溅出
灿烂的星空

在路上
觉悟者前赴后继
挥舞镰刀收割思想
与雪山草地携手
冲破围追堵截的锁链

在路上
勇士战地横刀
江海横流
英雄血染河山
洗礼出东方赤色黎明

在路上

有着美丽的风景

有着崎岖不平的坎坷

还有着许多未知的风险

水，雪崩，山火，地震，疫情……

在路上

目的地依然很遥远

新的长征已经启程

接力棒传递百年火炬

从帆船到战船，从巨轮到飞船

今天，走在路上

不要傲骄已取得的成绩

更不要忘记

我们为什么出发

昂首新时代新征程，再登峰巅

（作者单位：国网新疆电力有限公司喀什供电公司）

颂歌献给党

◎ 张嗣兴

沁园春·建党百年感怀

万里神州，百度春秋，砥砺笃行。望昆仑险峻，陶熔正气；黄河奔泻，涵泳神功。乾转坤旋，驱倭倒蒋，重整河山浴火生。中国路，万众跟党走，破浪乘风。

焉能写尽奇雄。正航向诚如北斗星。定百年战略，高瞻远瞩；改革开放，强富文明。人类相同，环球平等，正义之声气若虹。今方好，著新花秀树，郁郁葱葱。

七绝·重温党史

擎旗先烈气峥嵘，道义铁肩天地惊。
回顾百年发展史，潸然泪下誓无声。

阮郎归·电网人

江南塞北闪银光，云高线更长。

资源优配大文章，纵横设网忙。

天日朗，任肩扛，人如铁塔昂。

一生为网智坚强，风来笑脸扬。

诉衷情令·新能风光储

一

风车布阵立群丛。风叶转苍穹。借天神力一用，供我净洁能。

夺浅海，守高峰。似鲲鹏。任风南北，还是西东，舒翅长空。

二

光伏板作向阳花。光照取无涯。采集光电科技，今我万千家。

山戴甲，漠披裟。建中华。万重山绿，千里河澄，随处清嘉。

三

风光电力性如潮。一宝可能调。大潮峰起即储，潮退储峰削。

机水化，储能包。万千招。储能装置，洁净能源，分外妖娆。

探芳信·特高压电网

吁铭鼎。电网特高压，五横五纵。雪域连青藏，银线入云境。如今南北东西网，电力如江涌。傲群雄、智慧坚强，五洲传颂。

强电此登顶。载誉世先行，再辟蹊径。电网职工，技卓越意唯胜。更将剑指风光储，低碳新能控。看神州，绿水青山盛景。

（作者单位：国网北京市电力公司）

沁园春·破晓

◎ 张梦雅

月出南湖，红船激浊，旌旗蔽空。纵疾风骤雨，春深草盛；山崩石破，缨缚苍龙。揽月捉鳌，同舟逐梦，盛世清明万世宏。看今古，叹百年弹指，岁月峥嵘。

夜阑灯火霓虹，更尽见，人民电业雄。越江河湖海，九曲电网；赋能美好，心电相通。粟粒微光，耕耘照亮，无问前行复几重。趁年少，秉胸中万卷，海阔苍穹。

（作者单位：国家电网公司华中分部）

颂党（诗词五首）

◎ 郑仲凯

七绝　党旗扬

鲜红旗帜映骄阳，如影随岚耀四方。
盛业群英情复在，太平天下铸辉煌。

古风　赞中国共产党

华夏乾坤千百载，开天辟地古今无。
执政兴国铺锦绣，绘就江山万里图。

五律　建党百年

昔日南湖水，轻烟笼渡舟。
天灾常满目，国难又当头。
既此豪情在，终然壮志酬。
百年风雨后，锦绣耀神州。

临江仙·百年忆（新韵）

曾经华夏逢乱世，中华风雨飘摇。有识之士逞英豪。愿行天下事，不惧路迢迢。

百年光阴倏然逝，迎来山水多娇。人间处处尽良宵。万民齐瞩目，期待创新高。

西江月·圆梦（新韵）

大地硝烟阵阵，乾坤迷雾蒙蒙。百年风雨艳阳升，总是运筹决胜。

社稷千秋万岁，江山万马奔腾。空前蓄势待相逢，共筑中国之梦。

（作者单位：国网北京市电力公司朝阳供电公司）

沁园春·江山如此多娇

◎ 丁　芃

　　秀丽山川，叠峦耸翠，草际芊绵。望苍茫云海，燕舞蹁跹；巍巍长路，直上云端。烟柳画桥，清溪流水，满目芳菲竞开颜。恰春盛，看江山如画，心涌狂澜。

　　一艘小小红船，引华夏，沧海变桑田。忆烽火岁月，遍起狼烟；凄风厉雨，柳败花残。多少英雄，前赴后继，方得锦绣满人寰。千秋业，趁青春未老，纵马扬鞭。

（作者单位：国网天津市电力公司滨海供电分公司）

下篇

向着光明出发

向着光明进发

◎ 吴庆华

那盏摇曳在腥风血雨中的孤灯
以不灭的姿态
焕发斗志
成了可以燎原千里的北斗

从百年老城的废墟中找寻
一座电厂屹立成一尊雕像
怒对振聋发聩的枪炮
挺起胸膛
光明的针芒化为颗颗子弹
划破黑夜

在巷弄的尽头
一丝橘色的灯光
暖了一代人的记忆
擦燃革命青年思想的火苗
渴望挣脱黑暗的枷锁
向着黎明进发

这背后
正是一群守护光明的先辈人
用电杆撑起信念
用线路编织理想
燃煤发电机前
誓言让党旗更加鲜红
八百度的火炉
淬炼一颗颗赤诚之心
不惜用鲜血书写一本厚重的电力史

有了光明的护航
一艘红船终于刺破了黑暗的乌云
将黎明的万道光芒
耀亮整个中华大地
盈满金黄的粮仓
迸射飞溅的钢花
托起嫦娥奔月的梦想
奏响和谐号的强音
展现辽宁舰的雄风
接通港珠澳的脉搏
强大的电能牵动共和国巨轮的引擎
向着强国的蔚蓝海天一路挺进

一条蜿蜒的巨龙穿越江底
百米高耸的铁塔在唐古拉山顶展开雄鹰般的翅膀
一排排风机在大海深处挥动臂膀
在边疆大漠遍处覆盖光伏的深蓝

特高压电网让中国再充满前行的能量
具有中国特色国际领先的能源互联网
让新能源焕发新的生命
点亮智慧的未来世界

吹响低碳发展的集结号
如今条条银线都流淌着绿色的血液
向共和国躯体的
每一个细胞
每一根经脉
每一寸皮肤
源源不断地输送营养
让东方巨人充满能量
昂起胸膛
永远屹立在世界强国之林

（作者单位：国网江苏省电力有限公司南通通州区供电公司）

光明山河

◎ 冷　冰

一

一条河流，归入大海便是终点
一座高山，峰顶决定高度极限
我们的电力线路
每一条如河流前行，但可以无限延展
我们的电力铁塔
每一座如山屹立，但可以标定新的峰巅
比阳光更持久的电力之光啊
在中国大地上，跨越山河
照亮历史的进程，写下灿烂的诗篇

二

1882 年，上海亮起第一盏电灯
它照见的是一个正饱受苦难的中国
列强凌辱，烽火战乱

民不聊生，风雨如磐

中国电力工业举步维艰

霹雳一声震天响

中国有了共产党

从此之后

光明紧紧跟随着党

党指引着光明的方向

新中国成立，第一个五年计划开篇

中国电力正式踏上发展的历程

一代又一代电力工人

不惧落后，知耻后勇

披荆斩棘，勇往前行

1954 年，第一条 220 千伏高压输电线路建成送电

1972 年，第一条 330 千伏输电工程建成送电

……

以夸父追日的步伐

不畏艰难，步履不停

中国电力在改革开放的大潮中

焕发新的生机，新的活力，新的能量

努力超越，追求卓越

一步一个台阶，一步一重风景

2009 年 1 月 6 日

世界首条商业运营特高压线路正式生产运行

1000 千伏特高压交流试验示范工程"晋东南—南阳—荆门输电工程"

请记住这个名字，记住它行走的路径

大地上重重的一笔，刺破黎明
以此为突破，特高压快步出征
中国电网开始了跨越式发展的行程
一条条银色巨龙
穿过高山大河，飞越雪域高原
汇聚磅礴之力，奏响民族复兴的凯歌

2010 年 7 月 8 日
从中国大西北甘肃到湘江湖南
风要奔跑多日的路程
±800 千伏特高压直流线路
只用 0.008 秒就输送完电能
"超级快递"，打包清洁能源
实现南北互济，水火交融
风、水、阳光，演奏交响的动人和声

一张特高压名片代表中国电力水平
"走出去"，电力人向世界进军
2017 年 12 月 21 日
巴西美丽山 ±800 千伏特高压直流输电投运一期工程
中国特高压成为推动全球绿色发展的典范
线路在大地上画出经纬
编织一带一路上的风景

从一基铁塔起笔
电流穿越时空的力量笔直向前
从青藏高原到四川盆地

从江南水乡到中原大地

从东北平原到俄罗斯森林

从巴西到菲律宾

中国特高压，所向披靡

给光明以高远的翅膀，飞越理想

给温暖以博大的胸怀，传递善良

科技为文明而来，电力造福人类梦想

投运一个又一个电压等级

攀登一座又一座电力高峰

电力线路增加，百姓的幸福指数就在增加

铁塔在增高，中国的形象高度就在增长

矗立的铁塔，穿越的银线

用星罗棋布的电网纵横

助力崛起的东方巨人富强繁荣

三

一百年，人间景象翻天覆地

曾经的悲伤与黑暗，焦虑与彷徨

今天，是全面脱贫，奋力拼搏的大国特征

看，云端线路上行走的那个小伙子

将青春绽放在天空的道路上

他是电力队伍中的平凡一员

同伴有张黎明、徐启金、王进

这些人是一线工人、劳模标兵

看，科研试验场上日夜奔忙的老者

深邃的眸子穿过高度的近视眼镜

于是，一项项成果迎着朝阳诞生
他们是周孝信、薛禹胜、黄其励、郭剑波，等等等等
这些赫赫有名的电力专家、两院院士
是共和国的精英
因为有这样的人
14亿，约占世界人口的五分之一
全民通电，告别黑暗
这个奇迹，全球只有中国完成，拥抱光明

看，大山深处，扶贫村落
风在追赶
一个人在山岭上攀行
光伏电站正接纳改变生活的能量
千万个这样的身影
在大地上写下承诺
迈入全面小康社会，一个人都不能少
四处行走的风向每个角落、每个人传播
已经熟悉的话语
"中国共产党肩负使命
消除贫困、改善民生、逐步实现共同富裕"
电力人以行动践诺，真诚相托

无垠的天空，多么辽阔的舞台
起伏的大地，多么壮观的旅程
一根导线、一座铁塔内蕴的力量及韧性
托举着他们，托举着祖国的光明与动力
这就是电力人与祖国的联系

完美融合，成为统一的整体

每一次回首中国电力工业的历史
都是一次境界的开阔
每一次盘点中国电力工业的队伍
都是一次精神的淬炼
电力人的理想，就是
光明山河
点亮中国

四

每一条线路都是澎湃的能源河流
每一座高山都是铁塔铸就的新高峰
以阳光的名义，抒发金色大地丰收的喜悦
以月光的名义，描绘蔚蓝天空永恒的深刻
穿透五千年，纵横千万里
光明，为追梦人照亮奔跑的路程

像一度电深入生活
电力人听党话、跟党走
爱岗敬业、乐于奉献
改变人间的温度和瞭望的视野
铁塔的力量因大地而生
每一基铁塔扛起中华民族伟大复兴的责任和使命
当大地流淌光的银河
我们的乡村，我们的城市

才是幸福的家园，吟唱最美的颂歌

新时代，全心全意为人民服务
以担当注解行动，没有止息的时刻
从初心出发，再回到人民中间
在岁月中书写赋能中国的碑铭
一笔一画，掷地有声
发挥电网"桥梁"和"纽带"作用
实施"碳达峰、碳中和"行动
加快电网向能源互联网升级
关山千万重，而今迈步从头越
江河几万里，永远奔腾砥中流
旗帜领航，我们
向新的目标发起新的冲锋

（作者单位：国网北京市电力公司）

赞　歌

◎ 郝密雅

像一种礼仪
屹立在风中
旋转的风车
怀有虔诚的心
和宽广的胸襟
面对天空，面对大地
坦诚地诉说
婉转地歌唱：
风将我吹得旋转

"所有经过风车的风，
都将成为清醒的事物。"
所有经过风车的风
都将脱胎换骨
令你耳目一新

所有的风
不再四处漂流

每一缕风
每一缕经过风车的风
都将具有集体意识
每一缕风
都将拥有神奇的智慧与情感

所有的风,无论是
来自海上辽阔的风
还是从边塞赶来
狂野迅疾的风
都将满怀着理想
与快乐,融入此刻
灿烂的阳光
编织成一根
剪不断的线
将天地间的深情
款款缠绕
将一根金色的线
银色的线,化作
生生不息的光芒

(作者单位:国网山西省电力公司)

水下历史，水上记忆

◎ 张富遐

游船在晨雾中的东江湖穿行
远山近水一片朦胧
穿越十八湾水路
停泊在布田村旧址
历史画卷在水面一一闪现

1928 年的那个夏天
农村包围城市战役打响
朱德、陈毅率领的红四军
攻打郴州受挫后
带主力军千余人退至东江岸边

紧急关头
对岸布田村民家家户户
撬楼板、拆木门、扛木料
临时搭建浮桥，接红军过江
而后拆桥，阻断追兵

村民们自告奋勇

把伤员接回各自的家

护理、休养

自觉自愿献出

粮食、蔬菜和猪羊

为伤员补充营养

最终让红军顺利返回井冈山

这个深明大义的村庄

却在金秋时节遭遇暗算

被国民党军队残酷围剿

一夜之间，整个村庄被火海吞噬

107 人遇难

村民被驱赶远离故乡

布田村仿佛停止了呼吸

没了鸡鸣，没了犬吠

3 个月后，村民返乡重建家园

布田村又先后历劫 3 次焚毁

村民们却一次次用

勤劳双手和坚定的信念

让村庄绝处逢生，炊烟袅袅

1986 年，东江水电站落闸蓄水

布田村再次面临抉择

年轻的村支书走家串户

苦口婆心做搬迁动员

支持国家重点工程建设

这一次，村民沉默后集体行动
亲手拆除自己搭建的房屋
忍痛背离自家祖坟和田地
并在离开前
把朱德曾住过的那间房
换上新瓦
即便被淹没，立于湖底
也会升腾一种向上力量

而今，青山绿水间
云雾缭绕，碧波荡漾
水下风平浪静，却沉没
一个舍生取义的村庄

一坝锁东江，高峡出平湖
三十多年来
调频、调峰的东江水电站
为社会源源不断输送清洁能源
81 亿立方米的东江水库
坚持为 7 年干旱的湘江补充水源
为缺水的郴州市区输送优质水源
坚固的东江大坝
在台风、强台风中及时掐住
洪水咽喉，保下游平安
为履行社会责任和造福一方

承担着重要的综合调节使命

"八千里路云和月"
水电人披星戴月，风雨兼程
一次又一次刷新纪录
确保了安全生产 8000 余天
完美呈现"雾漫小东江"景观
将东江湖变成村民想要的模样
发电机组日夜鸣唱
以光明送万家的行动
告慰遇难者的魂灵

离开时，一轮红日正天空高挂
浩荡湖面闪烁着金光、银光

注：资兴市布田村，是一个英雄的村庄。这里曾军旗招展，是朱德的整军之所，也是"八一"南昌起义后的首庆之地。1986年7月，为支持国家重点工程——东江水库建设，布田人民顾大局，舍小家，离别故土，举村搬迁到如今的兴宁镇重建家园。英烈们的遗骨也搬迁到新建的资兴革命烈士纪念塔内重新安置。
　"英雄的村庄永远沉入了湖底，但英雄的精神永不沉没！"

（作者单位：国网湖南省电力有限公司东江水电厂）

星星的微光

◎ 徐心怡

站在备用的发电车旁
他，抬头望着月亮
冰冷的安全帽，掀起一片星光
星光下，他牵挂着一个姑娘

亲爱的，我请求你的原谅
新片区，重大项目的保电，刻不容缓
火力全开的生产线，心系着那片崭新的临港
听，电流在机器里隆隆地，彻夜奔忙
亲爱的，此时此刻，我一刻也不能离岗

早说好了的，今晚你来我家吃个晚饭
早说好了的，让我爸我妈，瞧一瞧你的模样
不能离岗，不能离岗，总是不能离岗
发个定位吧，我倒要看看
你究竟去了什么地方

生物医药企业的窗口，在星光下明亮

电流，如无声的暗哨，在星光下守望
加紧生产吧，同志们！
让片区，让临港，笑起层层幸福的海浪

用心服务吧，同志们！
让初心，让使命
绽放在自贸区新片区建设的最前方
寒风中，星光下
以电力的责任，以党员的担当
为临港装备产业城的崛起，保驾护航

心疼呀，心疼妈妈白做了满桌子的鸡鸭蹄髈
心疼呀，心疼爸爸白买了这么多的草莓果糖
心疼呀，心上人还在零度的环境中保电护产
心疼呀，心疼他被寒风吹红的脸庞

亲爱的，你怎么关机了
难道真的不能理解，不可原谅
亲爱的，不是说我们九〇后已经成长
何况，我是党员，困难面前，我不上谁上

他望着城市的远方
仿佛看到饭桌前的女友，满脸的失望
星星的微光，照着他皱起的脸庞
这时，他看见一辆车，就停在前方
两道雪白的灯光，照在他的脸上
他惊讶，他看见了她

亲爱的，你怎么……
这里荒郊野外的，不是你该来的地方

我要来，你说过我是你的领导
我是来查岗的
亲爱的，你冷吗
来，我做了你最爱吃的蹄髈
趁着热，赶快吃吧

他笑着看她，看着他最亲爱的姑娘
男子汉的眼里
再也忍不住闪闪的泪光
寒冷的星光下
热烈地拥抱，温暖了爱的心房

亲爱的
看，星星的微光
如你温柔，如你善良

嗯，星星的微光
千千万万的，连成片，布满天
它们照亮了，那些夜空下的希望

（作者单位：国网上海市电力公司奉贤供电公司）

浪花的歌

◎ 刘　岛

我是南湖碧波中的一朵浪花
聆听过神州长夜破晓的誓言
红船之上曙光照亮
披荆斩棘引领民族觉醒的航向

我是赣水苍茫激越奔腾的一朵浪花
南昌城里武装起义第一声枪响
驱走了百年迷茫
喜看星火燎原红旗漫卷东方

我是金沙江拍岸排空的一朵浪花
滚滚洪流礼赞万死不辞的悲壮
漫漫长征举世震惊
书写了无与伦比的历史诗章

我是长江波涛中浮想联翩的一朵浪花
见证了百万大军横扫如卷席
荡涤一切浊水污泥

喜看神州天翻地覆慨而慷

我是湘江中流击水飞起的一朵浪花
抚摸过青春激昂的臂膀
穿越层层雾霭
找寻人民当家做主的希望

我是金水桥下微风吹拂的一朵浪花
辉映出中南海彻夜不眠的灯光
天安门前每一次沸腾
向世界宣示跟着共产党道路多宽广

我是高山大坝奔腾向前的一朵浪花
新时代幸福的光明使者
化作万家灯火中一丝光亮
为祖国繁荣富强奉献全部能量

（作者单位：国网湖南省电力有限公司水电分公司）

光明笔记（外一首）

◎ 魏　鸿

一盏灯，是思想的扶梯
一盏盏灯，构成拱起的脊梁

伸手不见五指，黑夜的黑
是对面相望无法倾诉的愁肠
是一盏煤油灯的起源与终止
是孤灯无眠写一封给时代的信笺
是一支笔落在电力图纸上的百转千回
是一首诗在金丝银线上的低吟浅唱

光在路上，沿着时代的河流
金属的质感，在钢筋混凝土里穿梭
跋山涉水，八千里云月兼程
从光阴中褪去重影叠叠的胎衣

1978、1979、1982、1991……
我看见光沿着电网管道奋勇起飞

民勤变、红柳园变、东坝变、昌宁变、红沙岗变……

一座座变电站腾空而起，铜轴高塔纵横交错

钢铁之躯上演着愚公与夸父之姿

一基基杆塔、一根根导线、一群群光明使者

用肩、用臂、用手、用脚丈量着

理想与现实、天空与大地的距离

雨是多情物，雪是助兴词，风是鼓点手

每一寸杆塔的延伸，每一束输送的光明

都有流过的汗、磨破的肩

而光在天空中谱写了一首首五线曲

《命运交响曲》一浪高过一浪

是一缕缕人间的暖，擦拭尘世的寒气

是你急风暴雨、寒冬腊月的风驰电掣

是你荒芜交织、茫茫暗夜的灯塔引领

是你细语轻唤、茫然无措的妙手回春

绘就从无到有到优到强的时光长廊的写真

今天，沿着历史光环的回声

走过沙漠、旷野、山谷、村庄

走过暗无天日的混沌之时

走过一段又一段的峥嵘岁月

铁树开花，一簇簇的火树银花

开在万里山河的血脉上

你听，"嗞嗞"的电流声

源源不断地流向远方

父亲的白瓷缸

是历史的遗物，被搁置在时光的博古架上
那只白瓷缸，拱起的脊梁锈迹斑驳
裂开的缺口透露父亲葱茏的岁月
半生的光明轨迹

1984 年，父亲捧回这只清白的纪念品
它完整、高贵、有完美无瑕的骄傲
它盛过雨水、雪水、汗水、泪水
它穿越沙漠、盐碱地、旷野、乡村
栉风沐雨、斗转星移
它见证过一基基杆塔伸向天空的深情
那缕缕银色的哈达闪烁着动人的光辉

立杆、攀爬、组装、放线
每一寸钢筋混凝土的冷若冰霜
每一个铁构件的孤傲不驯
它对峙过晨曦时的露水、黄昏后的晚霞
袅袅燃烧的热情抚慰父亲每一处的伤痛疲劳

狂风暴雨的白昼夜晚
骄阳似火的晨钟暮鼓
它颠簸在父亲的黄色工具袋里
与手钳、改锥、扳手、验电笔、手电筒一起
从煤油灯、孤灯、万家灯火到火树银花

从木杆、方杆、水泥杆塔到铁塔

与黑暗为敌，与铜心铝线擦出光的火花

从线圈中放射出磁性的温暖

从导线中引流出人性的光环

父亲眼神笃定

与一只瓷缸执守相伴

架设、通电，通电、架设

从一寸到万里之间

一群群追梦之士，举着光明的种子

插进民勤这片热土的每一个角落

户户通电，砥砺奋进

如今，村庄的渴、农业的渴、工业的渴

被一根根金丝银线横贯东西南北无缝对接

站在新时代的门口，万里江山星河灿烂

而父亲和他的白瓷缸都已苍老

"追光的人，和你的白瓷缸终将被时代的石头铭记"

远远地，街灯亮了，是父亲和他的伙伴们拆散星星的栅栏

光的速度、电的激情，在线与线之间跳跃

在暮色中开出朵朵温情的花

（作者单位：国网甘肃省电力公司武威民勤供电公司）

太行之上，以光的名义照亮

◎宁　肯

一

从远古的海中升起，太行山
让一节节角铁和草木一起生长
铁塔，作为山的组成部分
被托举着
在山谷中成为陪伴
在山岭上成为顶峰

那些铁塔
了解太行山的每一寸泥土
了解春夏秋冬的风
了解那些风中来看望它的人
在山的一次又一次转折中
人与铁塔彼此相望
像兄弟重逢
无言，亲切，又感动

山脉起伏，记忆大海的波浪
我想到铁塔的时候
它们就从我的心里
高高低低走出，清晰又朦胧

二

正在空中生长的铁塔
长出了一片红色的叶子
——"共产党员突击队"的旗帜迎风飘动
呼啦啦，呼啦啦，呼啦啦
风的惊叹
山谷传递回声

草木不曾生长出的
在钢铁的枝条上灿烂
历史
多少次证明
一面真正的旗帜
不仅引领生长
更创造奇迹，以至永生

三

工地上的年轻人
工装上戴着一枚红色的党徽
汗水滴落，滑过胸前

一瞬间，映现
一团小小的火焰
红色的，晶莹的水的珠粒
花朵一样精美

镰刀、锤头
用最原始而简单的工具
造福最普通的社会大众
继承，学习，实践
青春的激情供养信念
种子繁衍种子
年轻的心向着未来前行

四

山托举起塔
塔托举起我
我托举起光明和风
还有，无边的辽阔与心愿
在我手中
在我脚下
在我望向奔涌的山河里

通向远方和明天的
电力线路
在我的四面八方编织
太行之上

我终于成为

太阳和星辰的一部分

以光的名义

照亮祖国的山河

（作者单位：国网山西省电力公司）

乡村亮了

◎ 马晓忠

一

每个夜晚
山里的孩子将星星挂在窗格子上
寒夜的风
摘掉枝头最后一枚野果
冬夜，山村被裹进一团漆黑里

油灯如豆
像村庄里一双双眨动的眼睛
影子一再拉长
走动和站立的身影同样虚空
像一个个黑洞

有月亮的夜晚
村庄显出它清晰的轮廓
像隔着一层薄纱

朦胧里透出清冷
水一样漫过村庄沟梁与村道

二

无数个夜晚
那个坐在窗前数星星的孩子
在一天天长高长大
一间装满了星星的亮堂的教室
一次次在他的梦境里出现

仍然是大山深处的那座教室
蛇一样弯曲盘旋的山道
星星落在书包上
小小的火炉捧在怀里，一半用来取暖
一半用来照亮

铃声响起
埋头苦读的日子漫长而真实
鼻孔里渗出的浓墨的黑
纸上是抽象的图画
一些没有线条，一些没有色彩

三

从高高的铁塔
一眼就能望见那个人

像一只苍鹰
停止了翱翔与搏击
把剑一样的目光留给了云层与远方

在旷野中
他更像一座巍巍耸起的铁塔
以一种固定的姿态矗立于荒漠
留给大地的是一个苍凉的背影
像一个季节重叠的风景

起风了
风声夹带着漫漫尘沙
铁塔发出铮铮闷响
像他沉默的语言

四

没有月亮的夜晚
整个山村却亮了
全村的人聚在一起
他们将目光投向那个发光的物体
比星星近，比月亮温暖

一个个头戴安全帽的人
他们的身上沾满露水和草屑
冰冷的水泥杆一步一步运上山梁
士兵一样站立着

一根银线横穿山梁与外界相连

山村亮了
你能看清村民大叔皱纹里的满足
你能读懂孩子作文里洋溢的幸福
没有月亮的夜晚
山村沉浸在一片亮光中

（作者单位：国网宁夏电力有限公司固原隆德供电公司）

逐梦光明

◎ 桂宝利

时间回转

每当黑暗来临的夜晚

渴望光明的心是如此迫切

跨越岁月的追寻

火把、蜡烛、煤油灯、电灯

驱散了黑暗

点亮了希望

古时烛光火影

今日斑斓色彩

今昔交错

宛如梦

是啊，有梦才有追求

从自然火种到电力物联网

是无数人用时间与生命搭起的光明之路

百年屈辱，家国重建

炮火残灰下的祖国

伤痕累累

然而向往光明的心

却从未如此火热

一件件设备从无到有

一座座电站从小到大

从蜡烛到智能灯

百年历程

电网人肩负起了光明的使命

在矗立的电线杆上

有力的臂膀拉起一条条通往千家万户的银线

在狭长湿潮的电缆隧道内

坚实的脚步从未停歇

在悬空的架空线上

任凭风吹日晒撼不动忙碌的身躯

在抢险救灾的现场

从未缺席电网人的身影

坚毅的目光

守望着远方万家灯火

挺拔的身姿

屹立在光明之中

钢铁般的脊梁

扛起座座拔地倚天的铁塔

心向光明

世界为之改变

电网人眼中

没有抵达不了的地方

从高原到大海

从大漠到江南

从国内到国外

从追赶者到领跑者

一条条电力天路

跨越山川江河

攻克道道难关

不断刷新着世界纪录

创造着中国标准

让世人为之惊叹

万里山河织银线

千年神州耀东方

一代代挥洒汗水的电网人

怀着追逐光明的梦

一步步造就坚强的电网

开启崭新的时代

号角已经吹响

光明的蓝图在心中绘出

跟紧时代的脚步

迈着矫健的步伐

续写千年逐梦之约

铺就未来光明之城

（作者单位：国网冀北电力有限公司唐山供电公司）

只为灯火辉煌

◎ 张　晶

暮色降临，华灯初上

璀璨的星光辉映城市的辉煌

月光皎洁，云水清凉

锃亮的银线撑起电网的脊梁

钟铃急促，叩击心房

清整的工装掩去红妆

即刻出发

在崇山峻岭间，在银线铁塔上

高耸入云的巨笔

在天空抒写豪情慷慨激昂

黎明悄至

晨钟鸣响

当睡眸惺忪的大地

敞怀拥抱清晨的

第一缕阳光

当城市褪去霓虹彩裳

电力使者仍坚守岗位

用汗水确保城乡大地血脉通畅

多少个日日夜夜

他们无法和家人

在庭前团聚

多少个朝朝暮暮

他们无奈双目噙满愧疚的泪光

他们，把光明的交响

在凌空飞架的银色五线谱上演奏

他们，用坚实的臂膀

担起改革发展经济腾飞的新篇章

他们无畏艰险

将青春献给光明

他们砥砺奋进

将责任铭记心上

不忘初心，牢记使命

努力超越，再创辉煌

（作者单位：国网陕西省电力公司榆林供电公司）

曙光（组诗）

◎ 陈云瑶

曙光

沿着山脊，我们送去了温暖光明

沿着天路，我们送去了万家灯火

沿着河流，我们越过了千沟万壑

沿着草原，我们走过了春夏秋冬

沿着历史的轨迹，我们开始脱贫致富

沿着时代的步伐，我们必将繁荣富强

风儿吹过了经幡，我们翻越了高山

云儿在天空祈祷，圣湖在大地歌唱

歌唱啊：

十一五，青藏联网

十二五，川藏联网

十三五，藏中联网

从东到西，从南到北

银装素裹的电力巨龙

满载着西藏人民的希望
在我们眼前腾飞

那一年，守候在藏北高原的寒冬
激动地等待黑夜的光明闪现
不由想起海子也曾在同样的乡村寒夜
深深无奈地写下：
"大风从东吹到西，从北刮到南，无视黑夜和黎明
你所说的曙光究竟是什么意思"
现而今，我想我们可以自豪地歌唱：
"这曙光，就是雪域高原的电力天路，
这曙光，就是雪域高原的万家灯火。"

走进高原

走进高原
请不要被它满目的荒凉，所欺骗
这里有自由的风和云
有山间不知名的溪流
还有石头缝里，倔强地捕获阳光
向着天空发出生命庄严呐喊的格桑花
高原
坚强刚毅的脊背中有它的温柔
高原
粗犷荒凉的大气中有它的细腻
高原
艰难坎坷的日子里有它的欢乐

167

阿里联网

"从这边到那边，辗转千里雄踞高原；
从天边到身边，岁月在后光明在前。"
多么熟悉的歌声，多么熟悉的背影
一线飞架东西，电网变通途！

作为高原的光明使者
我们翻越高山，跨越大河
只为看见黑夜里那幸福的笑脸
我用心，爱如电
点亮西藏，是我们光荣的使命
我们心甘情愿毫无保留地
为这片神秘的梵天佛地
贡献了我们热血激情的青春

追寻着神山圣湖
我们将坚守这片热土
为这片圣洁的雪域高原
继续谱写新的赞歌与篇章

路

路，向着家的方向
有不期的风雪和风沙在阻挡
疲劳了身躯，干涩了双眼

天寒地冻的青藏高原

却有着温暖的阳光

身体下地狱，眼睛在天堂

这里有最为壮丽的风光

来抚慰心中的苍凉

心，向往着家乡

路，也就向往着家乡

一路随心，一路艰难险阻

也只是路过的地方

蓦然回首

我们的身躯依然漂泊

可我们的心已找到归宿

一转眼

我们走过了春夏秋冬，东西南北

心醉于灵芝的苍翠森林

迷恋于阿里的粗犷荒凉

神往于山南的风景如画

震撼于那曲的冰天雪地

在这儿的每一天

我都能体悟到生命的顽强与感动

在这儿的每一天

我都能找到内心的充实与安宁

我们每个人，都走着不一样的路

可路的尽头，都指向心中的圣地

（作者单位：国网西藏电力有限公司经济研究院）

在美丽乡村，电行走于街巷（外一首）

◎ 郭旭峰

一

容我从大地之下动身
乌黑的容颜闪着光亮
噙满阳光的种子
经过无数次洗礼、腾挪
经过烈焰、蜕变
得到初心和使命
得到铁的翅膀和力量
踏上银色的希望之旅

我的兄弟，在清波里诞生
彩虹是他多彩的项圈
滔滔怒波是他的誓言
多姿的河流浩浩荡荡
夜行千里，为他呐喊壮行

还有不歇的风车

站在母亲润泽的腹地

站在父亲坚挺的脊梁之上

从蔚蓝的天空得到启示

从一望无际里读取信念

旌旗猎猎，塔台律动

相送源源不断的神勇和赤诚

四面八方汇聚而来的

是光与火的交融

是镰刀收割的喜悦

是铁锤打造的不老意志

出发吧，从馥郁之地

在初晖映照的黎明

携带热源、铁流和星光

去祖国最需要的地方

二

这里是沃土田园

丰沛的水源如银龙射水

浇灌干枯的土地，滋润庄稼

农人用双手捧起甘露

像捧起季节的希望

电力人起身走了

留下安全、期盼和祝福

小鸟站在稻草人的草帽上

它预言好年份会有好收成

轻点，这里是村敬老院
电力扶贫队员在清扫院落
洗衣机轻轻鸣唱
厨房里电磁炉忙于午餐
在明亮的门窗前
空调的红色风标向你招手
电视上正播放豫剧《花木兰》

这里是村农产品加工厂
新增的变压器在阳光下
保护神一样锃明瓦亮
一箱箱香梨搬进去
一筐筐红薯搬进去
一袋袋小麦搬进去
一辆辆汽车来往忙碌
一颗颗希望激越涌动
这里是脱贫攻坚的主战场

三

正因为有这样的情怀
我们的使命才如此沉重
正因为有这样的理想
我们的理想才如此璀璨
看啊，脱贫后的村庄抬起头颅

雨后春笋般的新城镇挺起脊梁

七十多年，这多难的土地啊
经历过多少个漆黑的夜晚
经历过多少次无奈的挣扎
经历过多少回不懈的奋起
总有一双慈祥的眼睛
满含柔缓的期待注视着我们
从无到有，从弱小到强大
倾注大海般的深情

很高兴啊，我是光，抵达无处不在的日子
很高兴啊，我是电，像一道道的线谱
通过频率、呢喃的紫燕
把岁月绘画成宏大的场景
在时代的舞台上弹奏最强音
多好啊，我的祖国
多好啊，我的大地母亲

为了灯火辉煌

——献给特高压工程的建设者们

一

此前我是一川碧水

蓄满钢铁般的意志
我要到古中原去
到祖国需要的地方去
几度舒缓，英姿勃勃
在青藏高原徜徉奔波

此前我是一阵清风
披戴金黄的向往
我要到古中原去
到祖国需要的地方去
几度咆哮，披星揽月
在辽阔大地斩浪劈波

此前我是一缕阳光
裹紧一颗炽热的心
我要到古中原去
到祖国需要的地方去
无怨无悔，无阻无隔
在古老中国寻根问果

如今我们化作电流
结伴前行，冲天腾飞
走在通往夏天的路上
越过山峦跨过黄河
抵达辽阔中原
发起一场新能源变革

二

这是一条电力高速公路
这是一条输送新能源的大通道
始青海过甘肃，经陕西抵河南
长度：1562.8 千米
送端换流站海拔：2900 米
线路最高海拔：4300 米
前所未有啊，这就是科技力量
这是中国的宏大气魄
将引来明天的朝气和蓬勃

这是高海拔的特高压工程
经青藏高原、甘南无人区
跨秦岭，越覆冰，经温差
几经艰辛，几经寒暑
但是啊，即使上刀山，过火海
我们的意志像钢铁一样坚强
我们的心像大海一样辽阔

这是一场蓝天保卫战
我们可以看到：将缓解电力紧张
——替代原煤 1800 万吨
我们可以看到：将减排 1.4 万吨
——二氧化硫 9 万吨
氮氧化物 9.4 万吨

二氧化碳 2960 万吨
一组组数字如一句句誓言
给城乡带来无尽的气势和磅礴

三

那些被光指引着行走的人
那些带着明亮灵魂奔跑的人
像提着灯笼的花儿
似开满光明的树木
在风驰电掣的日子里
点燃四季不息的灯火

强大的电流击穿沮丧和寒夜
劳动者的身影像铁塔坚耸
这些普罗米修斯们
天堂的盗火者
用光的呼唤，电的轰鸣
照亮使命和前程
是人与自然不懈的沟通

塔吊耸立、银光闪耀
项目区宛如一艘航空母舰
劈波斩浪、扬帆远航
用一根银线编织出云朵
用一座座铁塔栽种下希望
为中部的繁盛、崛起助力

为河南出彩提供能源支撑

四

把天宇的神火送往中原去
送去青稞酒的芳香
送去源源不断的动能
落实环保措施
创建绿色工程
山清水秀，生态文明
让城乡窗明几净
让古文明涅槃、重生

把信念捻进银线
把坚韧融入杆塔中
把安全措施落实到每个环节
把疫情防控纳入体系管控
泥泞跋涉，英姿勃发
攻城拔寨，斩浪劈波
让青春绽放自豪
让勋章照亮星空

把逝去的时间抢回来
党建引领，传播"中国声音"
讲好特高压建设故事
实施"党建＋特高压"工程
看啊，在逆境中汇聚闪烁群星

让中原大地春色葱茏
为了祖国伟大的复兴
在这一刻啊
高山颔首，江河称颂

（作者单位：国网河南省电力公司新乡郏县供电公司）

点亮神州（外一首）

◎ 张　颖

燃烧的烈火是昨天战斗的宣言
烛照千年历史的画卷
划破黑夜，拥抱晨曦
太阳出来从此换了人间

奔腾的波涛是今天奋斗的诗篇
激荡中华山水的欢颜
播撒绿色，耕耘大地
春风吹拂几番沧海桑田

点亮神州，星河璀璨
点亮每一张纯真的笑脸
对你的承诺从未改变
取一束光，那是我温暖的陪伴

点亮神州，星河璀璨
点亮每一个花开的彼岸
想你的幸福直到永远
唱一首歌，那是我美好的祝愿

你是我全部的依托

在无边的黑暗中苦苦求索
前赴后继兑现着最初的承诺
为古老的东方点燃一束微光
热血洒满山河忘不了你的轮廓

在复兴的征途中奋力开拓
披荆斩棘创造着美好的生活
为可爱的中国编织一个梦想
幸福流过心窝忘不了你的拼搏

所有的感动向你轻轻诉说
踏平坎坷道路越走越宽阔
天空忘不了你的飞翔
我忘不了，你是我全部的依托

所有的语言汇成一首赞歌
唱出激情岁月燃烧更炽热
大地忘不了你的耕耘
我忘不了，你是我全部的依托

（作者单位：重庆市电力公司川东电力集团有限责任公司）

让我，为你转身

◎ 郭　翔

不知源自何时
懵懂的心中
有了一个神圣的存在
不知源自何时
简单地认为
我的命运
也应该在你的宏伟蓝图中
才能绽放出点点色彩
真的
真的不知何时
我对你积累了如此多的
深沉的爱

遥想当年
怀揣着
好男儿当兵去的豪迈
携笔从戎
一头扎进了北疆军营

拥抱了风雪皑皑

接下来

便是建功十二载

十二载

爬冰卧雪

流血流汗不流泪

十二载

家书绵延

山中孤守不言烦

十二载

受尽了北国风霜的苦寒

熬过了鄂中热浪的熬煎

只因心中有份对你承诺的执念

再多的苦困

都品出了甘甜

最终

还是走到了这一天

你轻轻地告诉我

回家吧

军队已经铭记了你的贡献

我需要你转战千里

回到故土

再创新篇

我面对党旗

默默无言

可即使有再多的留恋

我也毅然挥手
笑别昨天

回到家乡
面对人生的又一次转身
我心底默默盘算
军旅十二载
是你让我从青年
成长为通信和电源的专业骨干
那我现在
就用掌握的知识
继续为祖国奉献
十二载光纤联千军
用余生发电照万家

临堤杨柳映水绿
远山素雪伴花白
就是这里
美丽的潘家口蓄能电厂
全新的战斗岗位
在这里
山是长城巍峨，雄浑壮阔
水是玉珠垂落，浩渺烟波
我看到的
是一群和我一样
把对你的爱深埋心中
努力朝着理想奔跑的人

是一个团结进取

不畏任何崎岖

无比光荣的集体

现在

我又成了一名新兵

一名初入国网的新员工

那就让我再度梦回初始般

扎根深山

为你而战

艾青说过

为什么我的眼里常含泪水

因为我对这土地爱得深沉

挥别军旅

投身国网

谨以此

我人生中最重要的转身

献给你

我深深爱着的

中国共产党

（作者单位：国网新源控股有限公司潘家口蓄能电厂）

巡线手记（组诗）

◎ 罗　娅

在长丰桥

长丰桥
通往长沙埂粮站的必经之路
几十年前
交公粮的农民挑着担
吃配额的工人背着筐
这座命名为长久丰收的桥
两个桥洞像两张嘴

此刻，它在春风中安静如画
听铁塔和电线一路欢唱
长丰，长丰
它动用所有的嘴
喊出
坚固如镰刀和铁锤的誓言

过爆花村

过爆花村

我去看我的帮扶对象

51 岁的郑菊仙

丧夫、身患癫痫病

生活努力地把她栽培成一棵黄连

她笑盈盈地走过来

感谢共产党

过上了吃药报销的日子

孙子们还能享受教育扶贫政策

在春天

万物皆有含苞之心

用周身的苦

酿出一朵朵蜜甜的花

巡视伍金线

10 千伏伍金线经培德村

红雀村、白果村、大山村

培德村的名字与众不同

许多年前

共产党员梁培德在此牺牲

初升的太阳温暖芬芳

像奔腾的热血至死不休

铁塔肃立

银线低垂

延伸至天际的闪光

是无数把镰刀和锤头的锋芒

面朝角铁和瓷瓶

我将目光一次次投往高处

向滚滚流淌的力量

致以一名党员朴素的敬礼

接近一棵树的幸福

森林里不应该有那些红色的花

那些红色的花不应该怒放

这珍贵的人间

不应该被这样大步奔袭

检查每一个开关

拧紧每一颗螺丝

砍掉每一棵树障

如果说爱是恒久的等待

那痛苦和忍耐算不算

站在这片绿色的海洋

万物都有亲近之心

与鸟雀为伍，为花草所动

和每一双干净的眼眸交换价值观

用毕生接近一棵树的幸福

决心书

张贴供电台区经理连心牌
公布名字、照片和电话
需要极深的坚持
和栉风沐雨的勇气
像电杆和铁塔
把脚牢牢扎入泥地
每个连心牌上的电工
都像冲锋的战士
刚毅地写完决心书
胸前的"国家电网"四个字
无限接近于第一场雪

这是一名电工
用电线、漏电保护器和胶带
写下的决心书
背景相同于田野的绿
这是一句誓言
为人民掌灯
用所有光电和全部热情
承担使命

（作者单位：国网四川省电力公司资阳雁江供电公司）

安顺场有个供电所

◎ 侯　峰

仁立大渡河边
我必须保持足够的安静与崇拜
因为这里有山的传说
这里有水的传奇
捧一簇浪花在手心
我看见了那艘红军船
船上都是年轻的战士
他们乘风破浪
他们飞渡天险
然后他们在河的对岸
骄傲地吃着金灿灿的黄果柑

神奇安顺场
英勇红军渡
大渡河
命运的河
大渡河
希望的河

从纪念馆到供电所
路这么短又这么长
往返只需要几分钟
却是无数英雄前赴后继铺设的路
农家新院的老奶奶
倚坐在午后的窗前
眯缝着双眼悄悄地笑
就是不告诉我们她的年纪有多大
只是念叨着
有电的日子好啊！
好日子还长着呢！

走进供电所
就像回到了家
微信公众号优质服务
更是吸引住了大家的眼球
供电所的帅小伙啊
身穿洁白的工作服
笔直地站在我们跟前
满脸的自豪与幸福
说起话来精神抖擞
这一幕
让我瞬间想象出了
当年红军娃的模样

"供电所工作苦不苦？"

面对大家的提问
憨厚的所长露出白白的牙
"再难哪有强渡难
再苦哪有长征苦
榜样时刻都在
身边就是英雄！"

当年的指挥楼岿然不动
如今在他的身旁又多了一个供电所
供电所的电
照亮了山、敞亮了河

安顺场有个供电所
这是长征路上的供电所
他们播撒光明
他们挺胸昂首
他们走出了一条
新时代为民造福祉的电力长征路

如今
我们作为新一代的国家电网人
走上了新时代的电力长征路
请你们放心
我们将沿着你们的足迹
自豪而认真地走下去
走出更加坚强、更加卓越的光明路

请祖国放心
我们将沿着革命先辈的足迹
自豪而认真地走下去
走出更加灿烂、更加辉煌的大中国

（作者单位：国网四川省电力公司自贡供电公司）

点 灯

◎ 徐铭伟

多少瓦特才能展示电灯的亮度
是月色朦胧的黑夜
还是阳光辉耀的白昼
多少千米才能显现电网的宽度
是世界屋脊的高耸
还是大漠草原的遥远

一条条电力天路
总望不到边际
股股电流悄悄淌过
这锦绣神州大地
大电网是骨架
交直流是血液
织就了坚强电网的美丽

好一幅电网的美丽
将黑夜从容藏起
万家灯火

为光明铸造了永恒记忆
挥舞着绿色的笔体
电从远方来
点亮了清洁能源发展的轨迹

谁的衣襟在电网中飘动
挥洒了一天的汗水
今夜无眠
远去的身影
用心守护光明电力

那一支支红色的电力铁军
是与百年风华共同的底色
是胸前党徽的闪耀
是与万家灯火共振的力量

这一网绿色的电力
电晕般响起
一路毅然前行
沉稳而又坚定
给远方带去江河的生生不息
给发展送来源源的不竭动力

天暗夜至
华灯初上
你用电，我用心
爱如电，心相伴

（作者单位：国网福建省电力有限公司厦门供电公司）

榜　样

◎ 陈妹芝

我生命中有一个榜样
我想成为像他一样的人

当我呱呱落地出生时
他用强健有力的臂膀保护着我
用他温柔的言语
告诉我这个世界很美好
告诉我不必害怕去成长
告诉我未来有无限可能

当我睁开眼看世界时
看到他在祖国需要他的任何地方
用他坚决的行动
告诉我祖国的生活很美好
告诉我祖国的成长很精彩
告诉我未来的无数种可能

后来我长大

听人们说起他

说他命苦又命硬

遭遇的挫折都奈何不了他

说他聪明又坚强

认定的真理就一定要达到

说他谦虚又执着

始终带着自豪去行事

他生命里的银河

是那样光彩夺目

我对自己说

我想像他一样

漫漫星河

深邃神秘

如果我的银河难以浪漫

那就点亮别人的璀璨

我开始模仿着他

从第一朵电花开始

群山深处的基建

精益求精的技术

坚持品质的服务

我一年又一年

坚持着自己的初心

当落日余晖

群鸟在电线上休憩
当盘山万里
灯火璀璨处有人等候
当黑暗袭来
总有微光在身边围绕

每每想到
自己的银河仿佛也被点亮
似乎离榜样更进了一步
我肩负着使命
永远紧跟着他

我用温暖舒适的光热包裹着他
用我有劲的脉搏
告诉他，不是一个人在战斗
告诉他，我茁壮成长的故事
告诉他，我和他一起创造未来

我的名字叫国家电网人
他的名字叫
中国共产党

（作者单位：国网湖南省电力有限公司岳阳君山供电公司）

电力人的颂歌

◎ 张迎春

当山顶的铁塔挂上七月的第一抹朝阳
当田间的电网沐浴金秋的第一缕芬芳

当五星红旗在天安门广场高高飘扬
当心中的颂歌在华夏大地激情唱响

我们，国家电网人
和全国人民一起共庆党的百年华诞、共享伟大荣光

一百年，一代代电力人紧紧跟随共产党
不忘初心、拼搏向上

一百年，一条条电网像一道道霞光
翻山越岭、跨河过江

点亮了
城里大道、乡间小窗、海角渔村、雪域边疆

城市霓虹，映一街春色
融入新中国最美丽的画廊

乡村灯火，染四季风光
唱出新时代最动听的交响

每一盏灯，都是我们献给祖国的诗行
每一盏灯，都是祖国颁给我们的奖章

我骄傲，我是国家电网人
前辈们用热血和奉献
为我们编织了希望与梦想

我骄傲，我是国家电网人
党组织用关爱与呵护
为我们指明了道路与方向

我们用智慧和汗水
为电力事业发展开拓、护航
我们用忠诚和担当
为国旗添彩、为党徽增光

曾几何时，一盏小小的电灯
成了多少人遥不可及的奢望

曾几何时，漫漫长夜
暗淡了众多的城乡

终于，伴随着新中国铿锵的脚步声
一道道电网像一条条巨龙
在平原大地起舞，在高山草原飞翔
背负起百姓的希冀
创造出新中国电力事业的一次次辉煌

一道道电网像一道道彩虹
新能源的细雨滋润出高科技的花香
一道道电网像一条条纽带
城市的发展连着乡村的富强

一道道电网说短不短
让亲情和思念不再遥远
一道道电网说长不长
让新中国的发展有了最美的诗和远方

一道道电网像一条条星光大道
满载着电力人的骄傲
通向四面八方
一道道电网像一把把金梭
承载着电力人的赤诚
共同编织出
中华民族伟大复兴的梦想

从赤水到洪湖
举国欢庆
从黄河到长江

大地飘香

在这收获的季节
在这美好的时光
我们，新中国的电力人
立足本职岗位
不忘初心，牢记使命
为经济发展保驾护航
为祖国强大贡献力量

让我们
迎着朝阳收获希望
伴着星光放飞梦想
座座铁塔，是我们献给祖国的诗行
条条银线，是我们弹给祖国的乐章
我们是新时代的歌者
歌唱美丽的祖国
歌唱伟大的党
歌唱我们的事业
从胜利走向胜利
从辉煌走向辉煌

（作者单位：国网冀北电力有限公司承德供电公司）

灵魂深处的红绿黄

◎ 刘淑清

从沟壑中升起
从冻土中竖立
在戈壁滩中拔节
铁塔就属于了沧桑
属于了高山

木制的铁质的钢结构的
一根坚实的脊梁
沿着长江，黑龙江，雅鲁藏布江
顺着黄河，海河，万泉河
昂首挺胸地——站立

一百年的风雨都是过客
一穷二白的信仰里
掏出心中所有的热
用火红的锤头打造

红绿黄

一路沿着春天播种

踏着波浪线，在银线里舞蹈

沿着时光的缝隙

电的葱茏无限铺展

争先恐后的人密集在

风雨中，总是先于春天的芬芳

抵达路边，触摸天空的蔚蓝

在云中放牧，与星星比肩

灵魂深处的红绿黄

在月光里静坐

一坐就是一生

照亮许多人

回家的路

岁月的镰刀收割了

所有的光明

有光芒的一群人托起了塔尖

撑起了中国能源的电力互联网

（作者单位：国网山东省电力公司青岛胶州市供电公司）

点亮希望

◎ 张馨元

去爱那一阵阵风
从风车到风电
当风叶转出历史的年轮
穿过旷野的风
已经驻足在国网人的心尖

去爱那一条条线缆
从这杆到那杆
当电流的五线谱写在空中
万千灯火
已如溪水潺潺

去爱那一道道铁轨
从西到东
当煤炭长途跋涉成雾霾
我们扼腕
我们要在纵横的铁轨之上
架起高高的输电血管

去爱一次投诉

一次跳闸

一条措手不及的电弧

爱那些艰难时刻

坚强的国网人

会执着地钻进电缆

去爱那天上的明星

就如同爱远远的街灯

一颗颗星，一盏盏灯

自己的存在

用光芒证明

灯火是那么渺小

渺小得甚至没有名字

如同穿过变压器

来到二次侧的我们

可以从几度电里看到

自己平凡的一生

我们的爱可能是尘埃一般的轻

却在工作票上写下绵长的情书

在值班室里目所能及的阑珊夜色中

脉脉含情

春风起，一夜翠满山

百花鲜艳，风光无限

几缕炊烟，点点人家

地偏远而知安乐，处深山亦知天

站在离蓝天最近的地方
将国网的责任和信仰扛在双肩
站在离太阳最近的地方
将国网的梦想和希望筑建
以电网的光谱绽放正能量
用脚印丈量平凡到崇高的距离
以铁塔的距离举起中国梦
用金色的血脉将九州相连

爬高山，不畏险阻
涉远水，不惧艰难
穿山跨河，电流入乡村
远眺山林，电力架线杆连杆
不意间，回望电网
巍巍如山

为了电力的铁塔能在黄沙中屹立
大漠孤烟中，我愿站成一棵青杉
为了寒冷的冰霜能早一天消融
茫茫飞雪中，我愿化作一团火焰
为了将电能送往安全的彼岸
滚滚波涛中，我愿意变成一叶扁舟
为了指引踽踽独行的路人
漫漫长夜里，我愿将自己点燃

有一张绿色的能量之网

触摸着海角天边

有一群真正的勇士

拼搏着忘却了留恋

有一段光荣的记忆

如血脉般代代相传

重新审视那座铁塔

不只有钢筋耸立的威严

绝缘靴在攀爬时从不打战

重新审视那片天空

不只有飞鸟的痕迹

一串串绝缘子是国网人呼喊的波段

重新审视国网人

我们的爱并不像尘埃

我们的爱如电

八千里路云和月

只要你打开开关

穿过茫茫的大漠

走在寂寥的山巅

让电线长一些

再长一些

给那些居住偏远的父老乡亲

架起电缆

去用电编织一条丝绸之路

是我们新时代的向往

而我们对全世界的爱

如箭在弦

（作者单位：国网河北省电力有限公司衡水安平供电公司）

电力工人有力量

◎ 王　冲

七月的赞歌如火
火红的七月如歌
那是镰刀与锤头的交响
那是锤头与镰刀的力量
那歌如朝阳霞光万丈
那歌似山脉巍峨绵长

如今
还有一首歌
唱出了心扉
唱出了梦想
在默默无闻中播撒希望
在崭新世纪里展翅翱翔

听，仔细听……
一个声音正在传来
嗨，电力工人有力量……
这歌声那么铿锵那么嘹亮

多少个烈日，他们汗流浃背立杆架线
多少个夜晚，他们披星戴月送去光明
多少个雨天，他们脚步匆匆溅起水花
多少个雪日，他们踉踉跄跄踏雪前行

时光飞逝，光阴荏苒
长城内外，大江南北
基基铁塔在中华大地熠熠发光
山岗上，有他们的足迹
麦田间，有他们的汗水
村庄里，有他们的身影
乡邻间，有他们的笑声

他们像一阵风
用礼貌的话语轻轻拂过客户的心田
他们像一场雨
为急需电力的客户送去甘霖
他们像一束阳光
为广大客户带来温暖
他们像一轮明月
为了永恒的光明夜夜守望

哦，我想听他们诉说衷肠
他们凝神的双眸，却闪着泪光
是啊，无声的语言最能表达渴望
那不是怨言
因为挥洒的青春最张扬

那不是悲伤

因为拼搏的汗水最滚烫

那不是遗憾

因为电力的彩虹最闪亮

电力工人有力量

我要把这首歌在七月唱响

用平凡书写对美好生活的向往

用生命歌颂伟大的共产党

（作者单位：国网山东省电力公司济南平阴县供电公司）

劳模颂

◎ 林文琴

全国劳动模范冯振波

工器具、工具包、干粮盒

清晨，你来到荒郊野岭

带着庄严的承诺

爬上崇山峻岭

行走在层峦叠嶂

用脚丈量被荒草淹没的山路

用刀开辟出巡视线路的落脚点

登上钢构，攀上铁塔

你在云端处与银线共舞

仿佛也变成银线上一个构件

披着一身的彩虹

映着蓝天的背景

青山见证，你有多么神气豪迈

电网证明，你的工作有多么神圣

在山之巅、云之端、风之锋

仅靠一条安全带和一身技术

你攀援于百米高空的高压电力线路

三伏天如火的日头

三九天彻骨的寒风

失足仅在一瞬间

高空对人体压迫被无限放大

所以你每个动作，每步操作

都要凝心聚神，都要全力以赴

检查、消缺、更换构件……

时针走了一圈又一圈

你在高压线上凝成雕塑

此刻此时，天地间唯有心中的责任

此时此刻，你用臂膀托起了城市的光明

国网特等劳模黄颂

星光璀璨淹没于流云

像他走街串巷淹没于人海

一年 365 天的电网运行维护

一年四分之三的特殊保电时段

"三伏"的正午蹲守地下站房测温测负荷

"三九"的凌晨爬在街头杆上操作抢修

你为夏天带来了凉爽，为冬天带来了温暖

为光明驱走了黑暗，为建设提供了电能

你将省会核心区的用电牢牢地扛在肩头

你为百姓的适意生活做着永不停电的梦

你把党员服务队筑成了战斗堡垒

危难时逆行冲锋："我是党员，向我看齐"

你把党员服务队筑成了党群连心桥

年复一年为社区老人做好事

百姓不觉察电网的存在

却能享受到有电的便捷生活

（作者单位：国网福建省电力有限公司福州供电公司）

劳模赞歌

——致全国劳模扎西尼玛

◎ 赵　帅

星辰朦胧，城市依旧沉睡在黎明的寂静中
你却已踏着晨光，穿梭在寒风之中
东方鱼肚白，没人知道你的名字
可你却为万千百姓驱散黎明前的黑暗
你用双脚走出人生最美的弧线

清晨又到日暮，天边飞鸟群逐
铁塔巍巍，那一根根闪闪银线搭筑起你的生命之梦
你看似渺小，可雪域的万水千山到处都是你的足迹
你看似平凡，可高原的崇山峻岭处处都是你汗与泪的交融
你与大山为伍，你与风雪为伴
花开花落无数，烈日绽放吐露
摇曳着苍穹，又描摹着黄土

当你抬头望向远处的高山，一抹笑容绽放在你尚留着汗水的脸颊上
那一排排纵横畅通的高压线，一座座星罗棋布的变电箱

是你日日夜夜心中的牵挂

当你踏着初晨的水平线走向川野

离开时，甚至来不及亲吻一下孩子的脸

时光荏苒，岁月如歌，无论黑夜白天，无论酷暑严寒

你用心中的坚守，诉说着时代的变迁

当特高压遍布祖国山河大地，当电力技术已走在世界的前沿

你依旧坚守在一线

昏黄路灯下，那一张张笑脸，暖暖灯光下，家人欢聚的瞬间

这些都是你奉献的动力之源

人民电业为人民，为了这庄严的承诺

哪里有艰险，哪里就有你的身影

你把奉献载满人生，你将光明给予高原

你用带电作业与万伏高压共舞，以党员担当捍卫了电网的坚强

你以行动诠释着工匠的精神与使命，以身体力行践行着榜样的力量

漫长古道悠悠，说不尽喜怒哀愁，只有那电网人奔忙依旧

守护着雪域高原的那一抹光亮

（作者单位：国网西藏电力有限公司拉萨供电公司）

百年电力梦

◎ 郝志勇

百年的苦苦追求
百年的坎坷历程
我们从弱小变得坚强
我们从黑暗走向光明

谁还记得
1879 年 7 月 26 日的傍晚
在上海外滩
亮起了中国大地上的第一盏灯

谁还记得
北京城亮起的第一盏灯
是在 1888 年
慈禧太后的寝宫

谁还记得
孙中山先生大声疾呼
电气时代必定取代薪火文明

那是中国电力最初的发展之梦

破碎的山河哪有美景
奢侈的电灯照不到普通百姓
是延安窑洞燃起的清油灯
照亮了新中国的前程

共产党领导人民当家做主人
新中国开启了电力的今生
百废待兴，点亮万家灯火
要让神州大地一片通明

不能忘记
我们挣脱封锁自力更生
为了"楼上楼下、电灯电话"
为了老百姓都能享受现代文明

我们有了自己的发电厂
我们有了自己的电力网
我们在追赶中
迎来了改革开放的春风

不能忘记
我们勒紧腰带全民办电
一代接着一代铆足了劲儿登上了一个又一个高峰

我们有了世界第一装机容量

我们有了世界第一电网规模

我们在奔小康的征途上

华夏大地实现了"户户通"

超高压跨省四面联网

特高压线路八方纵横

这是中国走向世界的新名片

这是中国电力的时代引擎

看得到的是光芒

看不到的是背影

每一个重大的创造身后

都是无数电力科技人员的支撑

从设备研制到系统调试

从标准使用到标准制定

从软件引进到技术输出

每一个精彩都是智慧蘸着汗水绘成

我们要绘成的电力美景

是一张坚强智能的网

且是万物互通互联的赋能

这是构建人类命运共同体的梦

这是大国重器顶梁的星空

银线与银河交融

电流与信息流联通世界

让一切变得皆有可能

这是助推能源生产的革命
电、热、冷、气大数据集成
虚拟电厂自动调度
让我们不仅用好电还要用好能

这是科技创新发展的结晶
无人机巡线、机器人巡检
系统感知尽在掌握
让巡线员不再拉网式翻山越岭

"懂你"的表可以帮你交易
"万能"的杆可监测储能
"聪明"的网还会边缘计算
让被动抢修变成主动

这是压力与挑战并存的竞争
柔性之剑开创了超级电网的一个里程
国网云、国网芯凝聚的是智慧和自信
让电力陆空一体放飞自己的卫星

百年的苦苦追求
百年的坎坷历程
人民电业为人民，为的是
照亮实现中华民族伟大复兴的征程

那是一个梦
美梦会成真
电从远方来
梦是绿色梦

那是一个梦
都在梦境中
梦里你我一个网
能彼此感知暖暖的心动

（作者单位：国网吉林省电力有限公司松原供电公司）

我……

◎ 孙　琦

有人说，你太轻微
轻微得像一粒电荷
我说，自己就是一粒电荷
没有它就没有光明

有人说，你太渺小
渺小得像一颗螺丝钉
我说，自己就是一颗螺丝钉
没有它就无法让杆塔高擎

遇到故障抢修，雷厉风行
对待日常工作，精益求精
跋山涉水，踽踽独行
千言万语，静静倾听

不畏惧站得很高
因为我身上有祖国和家人的挂牵
不害怕走得很远

因为我会把光明带到每个人身边
不在乎付出很多
因为我早把责任深深烙印在心间
不计较回报很少
因为我的血脉中早已流淌着奉献

对于用电，少了隐患，多了安全
对于家人，少了相见，多了想念
我的付出不在乎是否被人看见
因为我知道自己造就了光明绚烂
我的辛劳不需要记载被人传颂
因为我只是百万分之一
平凡而动情的故事讲也讲不完

星星点点，夜空璀璨
也许你不曾仰视我
但我却依然照亮世间
热情周到，春风拂面
也许你不曾在意我
但我却默默奉献我的暖
因为有我
严冬变成了春天
沧海横流，我骄傲自己是英雄大军中的一员
用忠诚、责任、奉献书写光辉的诗篇
我在艰难困苦中全力奋起
从黑暗与冷漠中夺取光明和灿烂

心相连，哪怕相隔万水千山

也挡不住电网人的脚步

情相牵，就算承受风吹雨打

也阻不断电网人的征途

杆塔高擎起电网人的风骨

激荡的灵魂随着电网在上空飞翔

电线流淌着电网人的汗水

跳动的血脉伴着光明在大地流淌

从雪域高原带来七彩霞光

从密林深处采撷醉人芬芳

唯有叩问风雪

才知道人类的精神力量能够发挥到何种境界

唯有回味过往

才晓得英勇悲壮的旋律如何谱写得荡气回肠

我庆幸自己的选择，没有将人生蹉跎

平凡如我，坚守着光明与希望的重责

我珍惜自己的工作，没有辜负国家人民的重托

温暖如我，播撒着信念与理想的光热

我践行自己的承诺，没有忘记奉献和拼搏

青春如我，谱写一曲激情与奋进的赞歌

历尽风霜雨雪

阅遍人间春色

点亮万家灯火

筑起光明依托

荣誉再多，我还是我，不改质朴的本色

只要坚持，人人都是劳模
砥砺再多，我还是我，不能把信心消磨
涅槃重生，首先便是浴火

踏上新征程，我们是民族复兴的中坚力量
续写新篇章，我们是薪火相传的大国工匠
将年华汇进时代旋律
承载起新时代伟大梦想
把青春融入祖国山河
肩负起新一辈责任担当

从不去慨叹韶华易逝
因为共产党人恰是百年风华
从不会偏移前进道路
因为共产党人始终初心不忘
党的理论让我们的思想得以解放
党的道路坚定着我们唯一的信仰
百年的征程证明了紧跟舵手才能远航
百年的实践告诉我们要实干才能兴邦

在党指引下，肩负起重任，描绘宏伟蓝图
永远跟党走，奋进新时代，谱写电网华章

（作者单位：国网吉林省电力有限公司吉林供电公司）

咱们电力人

◎ 董树权　李彤葳　汪　洋

无须华丽的辞藻赞美
因为你默默的平凡
从未觉得自己伟大
简单的工具却在粗糙的手里
勾勒出一幅幅绚丽的画

不需掌声与鲜花
弹指一挥
在岗位上奋战了多少个年华

其实你很美
其实你很不凡
以公司为家
设备前摸爬滚打

一次次挥汗如雨
在高空中爬上爬下
在深井里环顾勘察

一个紧急的电话
步履匆匆
背影坚定
抢修复电星空下

每一抹温情的微笑
都如娓娓春风般温暖
恰如远游归家

努力超越，追求卓越
都用汗水与心血兑现
筑我诚信高厦

时光荏苒，逝如白马
走过春秋，度过冬夏
用线做笔，将城市的风景在电杆上入画
用地做纸，将祖国腾飞写在每一基铁塔
用心服务，就是我电业人的灼灼风华

每天清晨，当人们才刚刚睁开惺忪睡眼
你们却已消失在破晓的晨曦中
留给人们的只有那褪色工作服上
不会模糊的企业信仰

夜幕降临，凯旋后的疲惫身影
在华灯初上的光辉中
在喧嚣都市的繁华景象中定格

每个节日，当家家户户欢聚一堂时
当幸福恋人相互依偎漫步华街时
当那撒娇儿女欢快的笑声荡漾时
坚守岗位默默地将炽热的爱
转成电流送向千家万户

千家万户的灯光中没有你的落款
可你们才是光明的制造者
也正因为有了你们
才让高耸的杆塔
纵横的线路撑起电网事业的脊梁
让热爱与奉献，在神州土地上布满银河

假若骨子里没有磐石般的性格
决然耐不住这清冷夜里无言的寂寞
假若心中没有那颗光明的种子
决然经不住那炎炎烈日的炙烤、凛凛寒冬的折磨

你是父亲却让孩子陌生
为何总在雨夜里行色匆匆
你是母亲却让家庭付出更多
不能在家里与孩儿温情脉脉

理想是街市上那灯光的闪烁
情怀是高山之巅的白云朵朵
热爱是祖国山川的幅员辽阔
光明是你们一生追求的承诺

来吧，让我们纵情欢乐
让我们感受，百年来一代代电力人
在党领导下，努力换来的万家灯火

来吧，让我们纵情欢乐
让我们看看，百年来一代代电力人
为之奋斗的秀美山河

来吧，让我们呐喊
为自己欢歌
来吧，让我们呐喊
为光明欢歌

（作者单位：国网辽宁省电力有限公司本溪明山区供电分公司）